キリンが小説を読んだら

サバンナからはじめる現代文学60

読売新聞文化部
「本よみうり堂」
編

書肆侃侃房

はじめに

みなさん、はじめまして。読売新聞の読書面「本よみうり堂」の店員を勤めているおじキリンです。なぜ、キリンなのかって？　ははあん、奇をてらって自分をキャラクターづけして、目をひこうとする作戦を取っているなって？　それは、ちょっと違うんだな。僕は、心の底からひそかに自分のことをキリンだと思って生きてきました。本当のキリンなのです。

証拠を挙げてみましょうか。一番目に挙がるのは、その見た目です。僕は物心ついたときから背が高く、やせて首が長いほうでした。（こう言うと、もしかしてモテ男（！）と勘違いしてくれる人もいるかもしれません。でも、残念だな。異性をひきつけるオーラのない、胸板が薄く、胴が長く、背の高いだけの男なのです）。細い顔にばっちり眼鏡をかけた僕は、見るからに人間のサラリーマンの顔立ちで、悲しいことに、ぼってり一重まぶたです。（やっぱり、ぱっちり二重がうらやましい）。
生まれてから容姿には全く自信がないけれど、かつて、まつ毛だけは人よりも長いと言われることがありました。背が高くて、まつ毛が長い、これはもう、自分はキリンの生まれ変わりなのだと信じて生きてきたのです。

二番目の証拠は、自分の性格です。アフリカのサバンナに住むキリンは、木の葉や若い芽などを主に食べる草食動物で、自分のペースで割とのんびり生きているようです。僕も、物心ついたときから「独自の性格だね」とか「あまり人のこと気にしないよね」と周りから言われてきました。本当は、学校でもいじめなどの対象になるのが怖くて、周りに合わせて生きてきたつもりなのに、みんなそう言うのです。やはり、これは僕がキリンだからではないでしょうか。

キリンも肉食獣に食べられてしまわないように気を配りながらエサを食べ、時には、オス同士で大切なメスをめぐってけんかをすることがあるようです。僕も一応、新聞社で働いている身なのでたまには仕事を頑張ってみることがあるのですが、ほとんどぼんやりして暮らしています。（上司や同僚、部下の方々、ごめんなさい）。

ほら僕が、話題作りでエアキリンをやっているのではなく、本当にキリンなんだということが分かってきたでしょうか。でも大学を卒業し、会社に入って二十×年、人並みに年齢を重ねてしまって、おじキリンになってしまったのです。(心の支えだったまつ毛も、すっかり短くなってしまいました)。でも、自分のことをここまで、おじキリンと書き続けてきて、少しうっとおしくなってきたので、ここからは時々、キリンとも名乗らせてください。

「本よみうり堂」店員になってから僕は、合計すると十年以上、読書面の紙面を作るスタッフの一人として、大好きな本に囲まれながら暮らしてきました。子どものころから、「正月から本を読むな」と親に怒られるくらい本が好きだったので、毎日が夢のような暮らしです。普段は、会社の片隅で本に埋もれるようにしてひっそりと生活しているキリンです。その私がなぜ、このような晴れがましいところに出てきて、一人で語り続けているかというと、読売新聞朝刊で二〇一九年四月から一年半をかけて続けてきた連載企画「現代×文芸　名著60」を本にするためなのです。

この企画では、東京大教授の英文学者、阿部公彦さん、詩人の蜂飼耳さん、早稲田大准教授の翻訳家、作家の辛島デイヴィッドさんに、現代を理解するうえで役に立つ小説を、各作家一冊ずつ計六十冊選んでいただきました。この六十冊、または取り上げた六十人の作家の小説を読めば、作品を通して今の世の中がどのような形をして、多くの人がどんなことを考えているか分かるはずです。文学作品とは、実用的な文章と違って直接的に何かを指し示すものではありません。ただ、作家の方々が世界や自分の中の奥深くまで降りていって紡ぎ出された物語は、現代の大切なものを何らかの形で表しています。この六十冊を読み進めれば、社会の輪郭がおぼろげに、ふわっとしているからこそはっきりと分かってくるものと確信しております。

「本よみうり堂」の企画としても大好評のうちに終わったこの六十冊のリストを、今度は本の形にして届けたい。僕はそのように思って、普段からひそかに信頼している（ちょっとお世辞込み）編集者のマメダヌキ氏に相談したのです。するとマメダヌキ氏は、リストだけでは本にする分量が足りないから、あなたが文章を書いて分量を足しなさいというのです。な、なんと……。それはたとえてみれば、スーパーでお刺身を買うとき、魚だけでは分量が少ないから大根の千切りを足すようなものではありませんか。（大根さん、ごめんなさい）。

ということで、僕は文学をめぐる勝手な一人語りを始めることにしました。

街に出て人混みの中を歩いてみれば、世の中はなんて数多くの人間であふれているのだろうと驚かされます。通勤時間に会社がある東京・大手町に向かって地下鉄に乗り込めば、上下をスーツでびしっと決めているサラリーマンや学生服に身を包んだ中高生など、様々な人がいます。誰もがすきのない立派な人たちに見えて、自分だけ取り残された気分になります。自分は四十六歳になって、なぜか仕事と妻、二人の子どもに恵まれて、なぜ、いつまでもキリンなんだろう。いつになったらキリンではなく、本当の人間になれるんだろう……。

もし、自分がキリンであったとしても、世の中がもっとそれぞれの思う形で生きていけるようなものだったら、意外と生きることは苦しくないかもしれません。でも、現代は違います。多くの子どもは、学校に通うことになりますし、大人になればお金を稼ぐため、仕事をすることになるでしょう。会社や組織で働くような場合には、周りの人に合わせなくてはならない。世の中は二十一世紀に入って二十年余り過ぎたのに、息苦しさは増すばかりです。

本当は自分はキリンなのに、なぜ人のような振りをしているのだろう。もう完全に人間になれたつもりなのに、キリンの自分が不意に現れてしまうのだろう。そんなことばかりを考えていると、自分がますます狭い場所に追い込まれてゆきます。

でも、本当にキリンは自分だけなのでしょうか。僕の周りにいるこの電車に乗っている人たちも、もしかすると、心のどこかでは、ゾウとかライオンとかリスとか、あるいは、サクラやウメとかネコヤナギとか、自分は人間にはおおよそ似つかわしくない存在だと考えているのかもしれない。はしをつかってご飯を食べるより、長い鼻でリンゴを取る方が得意なのになとか、川べりで風に吹かれている方が気分がいいのにな、などと心の中で考えているかもしれない。

通常の場合は、こんなことを見ず知らずの人に聞くことはできません。大人になれば、心の底から腹を割って話せる人が三人いれば、かなり良い方だからです。日々の生活を立て、仕事を続け、少しずつ思慮が深くなれば、年齢とともに口は重くなってゆくものなのです。(僕も長いつき合いとなるマメダヌキ氏に、こんな僕の本心を打ち明けるのは、今書いている原稿が初めてです)。

「世の中に、僕のようなキリンはいるのでしょうか」「実は、あなたはゾウではありませんか」

　このような誰に向かってもできない質問をしたいと思ったとき、応えてくれるのが文学作品です。

　今さら言うことではないかもしれませんが、本の中には色々な人が出てきます。人を殺したり、大恋愛をしたりするような起伏の激しい人生を送る人もいれば、ただ毎日を生きているだけの人もいるし、自分の人生の時間が止まったままの人もいる。別に人だけが主人公でなくてもかまいません。ネズミや犬といった動物、サクラや道端に生えている草、今こうして書かれている文字、話している言葉だって小説の中では主役になることができます。

　キリンは、僕だけではなかったんだと思うこともできるし、世の中には、クマだってネコだって色々な人がいることも分かるはずです。

　なぜ自分は、人と同じようにできないのだろう。いつまでたってもなぜ、自分は自分なのだろうと思ったら、文学の世界の扉を開く始まりなのです。その先には、きっと今より他人にも自分にも優しくなれる自分がいるはずです。

世の中に果たして、自分のようなキリンはどこにもいないのだろうか。そのように考えるとき、ふと思い出すのが僕の仕事場であり、本について考える機会を与えてくれた読書委員会での経験です。

僕が勤める「本よみうり堂」の紙面は、毎週三ページあります。そのうち一ページは主に本にまつわる企画記事を、残り二ページは書評を掲載しています。書評は、作家や研究者をはじめ様々な専門を持つ約二十人の方に読書委員をお願いし、隔週で委員会を開いて決めています。僕のような事務方は、デスクの指導を受けながら委員会運営の事務作業をしたり、原稿を受け取ったりしています。委員会が終わった後は、簡単な二次会があり会社の近くでお酒を飲み、僕たちも同席させていただきます。

僕は二〇〇五年から読書委員会に関わり始めたのですが、最初の二年ほど担当させていただいた方の一人が文芸評論家でドイツ文学者の川村二郎さんでした。ホフマンなどドイツ文学の幻想性や美の世界を探求すると同時に、吉行淳之介さんや中上健次さんなど日本の現代作家の良き伴走者として知られ、委員会の二次会では、現代の文学のことや様々な昔話を聞かせてもらいました。
一九二八年生まれの川村さんが育ったのは、昭和の戦争の時代です。一九四四年（昭和十九年）に、名古屋の旧制八高の文科に進むのですが、当時は文系学生の徴兵猶予がなくなっており、旧制高校の文科に進むことはそのまま兵隊になる覚悟をすることでした。「当時の文科のクラスには少し思いがある」などと、日本酒を口にしながらさりげなく語る言葉に深く考えさせられました。

その川村さんは、作家の吉行淳之介さん（一九二四〜九四年）のよき理解者として知られ、『感覚の鏡』と題した評論集もあります。川村さんの担当を二年ほどさせていただきながら、本の話など恐れ多くてできなかった僕は、仕事の合間を見て吉行さんの小説を時々読むようになりました。

「鳥獣虫魚」や「原色の街」「娼婦の部屋」など、吉行さんにはすばらしい短編がいくつもあります。読み進んでゆくうちに、出会ったのは「寝台の舟」でした。僕はそのころ、「本よみうり堂」の担当者でかつ文芸担当の記者として仕事を始めたばかりだったのですが、こんなよく知られた短編も読んでいないだめキリンだったのです。

この物語の主人公は、女学校の教師をしています。教育者に向かないのか彼は、精根尽き果てたような気分になっていて、家では西洋の童謡を集めた薄汚れた本を買ってきて、ぼんやりと読むような生活を送っています。その彼がある日、夜の街でミサコと名乗る一人の女と出会います。でも、彼女の部屋にゆくと、実は男性だったことが分かります。彼女が語る退屈な身の上話に投げやりな気分になりながら、どこか離れがたく思うのです。

　昭和に書かれた作品ですから、今から読むと男性の同性愛の描き方が少し図式的かもしれません。ただ、自由な生を求めながら、女子生徒を一つの鋳型に押し込める教師として働く自分に居心地の悪さを感じる主人公と、自分だけの愛や性の形を求め、刹那的な出会いにすがりつくようにして生きるミサコの姿に、ここにも僕のような、自分に自分がなじめないキリンたちが、形を変えて存在していることを感じるのです。

ぼくの寝台は小ちゃなボート
ばあやが船出のお手つだい
水夫の服を着せかけて
まっ暗闇《くらやみ》へおし流す。

物語の中には、このような西洋の童謡だという一節が繰り返し挿入されます。童謡とは多くの場合、子どものころに親しむものです。大人になって卒業できなければ、幼いとか、気味悪がられることだってあるかもしれません。けれど吉行さんは、自分の心の中にある童謡への愛を捨てない。たとえ自分が大人になって、背広を着て、それっぽく外見を取り繕って日々働いたり、家族を持ったりして生活を送るようになったとしても、その見かけに不釣り合いな自分でもよく分からない心の奥に潜むものを手放さないと言っているのです。

　現在の自分のあり方に強いきしみを感じている主人公とミサコ。二人を生み出してしまった作家の吉行さん。作品を論じた評論家の川村さんと、その言葉に影響されて本を開くことになった僕。このへんてこりんな原稿を僕に書けと命じた編集者のマメダヌキ氏と、手に取ってくださった読者の方々――。キリンにも、おじキリンとか、ゆめみキリンとか、ねじくれキリンとか、色々と種類はあるようです。でも優れた小説は、年齢も性別も社会的立場も超えて、自分はこの世でただ一匹の悲しいキリンではないことを教えてくれるのです。

　本を開けば、僕のようなキリンが、自分が自分であることに違和感を覚えるキリンたちが、様々な姿や形を取って、たくさん暮らしている。僕のような人間は決して特別ではない、僕の後ろには、僕とよく似た人間が数多く書かれ、きっとこれから先にも、やはり同じような人たちが現れ、新しい言葉で書き表されるのを待っている。時にはこの違和感が優れた文学作品を生み出す原動力にさえなっている。自分が世の中のありふれた一人の人間にすぎないことを本から教えられたとき、ほんの少しの淋しさとどこか救われたような気分とともに、他人への親しみの気持ちがせつせつとわいてきます。

阿部さんと辛島さん、蜂飼さんが選んでくださった六十冊は、「心」「言葉」「社会」「生命」の四つの鍵となる言葉で区分けして紹介してあります。現代文学において、この四つの言葉がどのような意味を持つのか一緒に考えながら、自分の読んでみたい本を見つけてもらえたら、大変うれしく思います。僕の大好きな「本よみうり堂」に掲載されたすばらしい原稿ばかりです。必ずやかけがえのない一冊に出会えるはずです。

もちろん、この文章は、いつも紙面の片隅に隠れるように暮らしてきたのに、ついつい、おしゃべりを始めて止まらなくなったおじキリンの余計な前振りなのです。先回りして、本の紹介へと進んでいただくのは全く問題ないどころか、むしろ歓迎です。

キリンが小説を読んだら　サバンナからはじめる現代文学60　目次

chapter 2 文学と言葉

chapter

3 文学と社会

chapter 4 文学と生命

装画・挿画　嶽まいこ

chapter

1

文学と心

おじキリンのコラム ❶

心に目覚めるとき

人が自分の中に、心があると気がつくのは、何歳ごろなのでしょうか。早い人は幼稚園や保育園のとき、多くの人は小学生ごろなのかもしれません。中学や高校になって初めて感じる人だっているでしょう。人は心があるからこそ人なのだとも言われますが、それでは、人にとって自分に心があると知ることは本当に幸せなのでしょうか。

聖書の創世記には、神から創造されたアダムとイブはエデンの園で幸福に暮らしていたのに、「善悪の木の実」を食べた途端にお互いが男と女であることを意識し、裸であることに気づき、いちじくの葉をつづり合わせ、腰に巻くものを作り、エデンの園を追われたという有名な逸話があります。

自分の中に心があると知ることは、この話とどこか似ているような気がします。

人の心はこの世に産み落とされてしばらくの間は、輝かしい球体をしています。人によって母親の中に命が宿される状況は違っているとしても、長い間、人類が生まれたときの海の環境を保っているという温かな羊水の中で十月十日育まれた命と心が、美しくないわけはありません。その心と命は母子一体のような状況を味わっているしばらくの間は、何の不自由もなく育った丸々と太ったマリモのような形をしているはずです。

　けれど、人間は自分の心の中にその存在があることを意識した途端に、本当は丸々としているにも関わらず、自分の心の形が気になり始めます。人のものより格好が悪いのではないかと悩んだり、劣っているのではないかと疑ってしまったり、なぜ自分だけこんなおかしな形に生まれてしまったんだろうと恨んだり。そのように思い始めると同時に、心はその本来の形を失って、歪んだり、へこんだり、空気が抜けていったり、不格好な形になってしまうのです。命が続く限り永遠に繰り返される悩みを私たちは抱えることになります。

　自分の心が二度と原初の美しい形を取り戻せないことを知りながら、それでも、その形に近づいてゆこうと努力をする過程が人生であるとするならば、本はその道行きのかけがえのない同行者です。そんなことを言えば、あまりに大時代がかった物言いなのでしょうか。でも、一冊でも誰かの書いた言葉に胸を強く打たれた経験がある人ならば、説明をするまでもなく本が心の同行者であることを実感できるはずです。そして私たちにとって、一人よがりではない優しい心を持った人間に自分を近づけること以外に、人生の目標なんてないような気がするのです。

　人がなぜ文学作品に触れるのかを考えてみると、本を読むことを通して自分の心を育むためだと、小さな声でつぶやいてみたくなります。これが、この六十冊の文学作品の紹介の区分を「心に触れる」から始める理由です。

すれ違う宿命の心と心

　具体的に作品を見ながら話を進めてゆきましょう。ここまで、この自分語りなのかエッセーなのか、書いている本人もよく分からない、おじキリンの奇妙な解説文につき合ってくださった方は、すでに六十冊のリストの文章の一冊目くらいは先に開いてご覧になったでしょう。一冊目は、絲山秋子さんが二〇〇四年に川端康成文学賞を受賞した表題作を収めた『袋小路の男』です。この作品についてのすばらしい読み解きが、選者の一人である阿部公彦さんによってなされています。おじキリンは、刺身のつまですから、この表題作ではなく、同著に収められた「アーリオ　オーリオ」を読んでみることにします。

　主人公の哲は三十代後半で、区役所

に勤める独身男性です。自ら希望して区の下水道課から、清掃工場へと異動してきました。壁面にびっしりと埋められた計器類や、燃えさかる炉の様子が映し出されたモニターに囲まれた無機的な空間が彼の職場です。女性に興味がないのか、そもそも人間とうまく関係を取り結ぶのが苦手なのか、中年に差し掛かり始めた彼には、今後長くつき合うことになりそうな孤独の影が漂っています。

　その哲はある日、兄の家に泊まりに行き、中学三年のめいの美由をプラネタリウムに連れてゆくことになります。ジーンズにストライプの長袖のTシャツを着た美由をつれ、池袋のサンシャインで「輝く星座の神秘」と名づけられたプログラムを見て、一緒に昼飯をとります。アーリオ・オーリオとは、そのときに話題に出た哲がよく作るパスタの名前です。美由はおじに興味を持ったのか、その後、手紙を送ってくるようになります。

「今日はニュースがあります！　今度、うちに犬が来ることになりました！　名前はいろいろ考えて、プロキーにしました」

　自分の娘であってもおかしくないような年齢の美由に、何を書いて送れば良いのか、哲は考えあぐねた末に短い返事を送ります。

「こいぬ座のプロキオンは地球から11光年の位置にあります。つまり、今のプロキオンの光は11年後に見えます」

　年下のめいとのやり取りが始まります。思春期の子どもの何げないできごとや内面を書いた手紙は、人と触れ合わない生活を送る哲にとっては、生きものの体温を感じさせるような心温まるものです。でも、それが大切なものだと意識すればするほど、これから人生で最も華やかな時期を迎える美由には長い未来があり、自分の先には中年の倦怠とやがて来る老いしかないのだと感じられてきます。

　美由との触れ合いは、彼女の長く育っていく過程の中での今一瞬限りの出来事でなくてはならないことが、大人の落ち着いた分別がある哲にはおじとして、よく分かっているのです。相手のことを思うほど、余計なものをまとわりつかせないように、手紙は短く、簡潔なものになってゆきます。その切り詰められた言葉が、胸の苦しくなるような情感をかき立てるのです。

　ドストエフスキーのデビュー作『貧しき人びと』を挙げるまでもなく、書簡を使った小説は、日本だけでなく世界の文学の伝統です。相手のことを思いながら時間をかけて丁寧に書かれた言葉とは、もしかすると直接書かれなかった言葉を浮かび上がらせるものなのかもしれません。相手のことを思って文字にはしなかった言葉、限りがある文面の中ににじませた気遣い。数多くの物語によって描かれた相手に直接伝えられなかった言葉こそが人の胸に深くとどまるということは、つまり、人間は話せなかった言葉が、話せなかったことによって届くことがある事実を示しています。それは、他人とうまくコミュニケーションを取れないと悩むことが多い現代人にとって、大きな福音を示してくれるように感じるのです。

　手紙とは、書いている時間と読む時間にずれがあるものでもあります。見えない相手のことを考え、温かい気持ちになりながら便せんに向かった書く側の時間と同じ時間を、読む側の人間は話しているときと同じように共有することはできない。手紙が書かれたときその人が味わっていた心満たされた気分はもう消え去ってしまって、悲しみの底にあるかもしれない。場合によっては、書いた人間が死んでしまっていることだってある。春の日だまりのような文章が届けられたとしても、すでにその当人は、強すぎる日差しに苛まれる真夏の大地に立っているのかもしれない。人間の生とは喜びの中に悲しみの兆しが刻まれ、悲しみの中に喜びの兆しが刻みつけられています。「アーリオ　オーリオ」の美由と哲の間で交わされた手紙には、相手をそれぞれに気遣う気持ちをともに分かち合いながら、やがて人生の最も輝かしい時間へ向かってゆく美由と、出口のない厚い雲の中に埋もれてゆくような中年期に向かう哲との二つの心がすれ違う宿命にあることも刻まれています。人の心を大切に扱いながら生きてゆきたいと願う人間にとって、人生とはとりわけ、無残なずれやすれ違いの連続であることも、この作品はほの苦く匂わせています。すなわち、やるせない気持ち、ものを憐れむ気持ちを知るのです。そのとき、私たちの扁平な心は少しだけ本来の膨らみを取り戻しているのです。

心は物語を求める

　この短編を読んだときの心の動きを手掛かりにして、あれこれと考えているうちにしみじみと感じさせられるのは、物語は心を育むことだけではないということです。自宅の布団に寝転がってでも、喫茶店の一席に腰を下ろしてでも、「アーリオ　オーリオ」を文庫本で一度開いたら、次から次へと話をたどりたくなる自分がいることに気づくでしょう。美由と哲が織り成すこの冬の星座のような世界からもう一歩も出たくない、話の続きがただ知りたい。私たちは放っておけば物語を読みたい生きものだということを改めて認識させられます。

　小説の話の流れや登場人物の動き、言葉の一つずつは心の中で勝手に響き合って音をたて、私たちに何か考えることを促します。小説の中の人物や情景について深く考えさせられることもあれば、物語の言葉に促されて心が全く関係のない空想や思惟を映し始めることもあります。この世の中には自分のように物事を複雑に考える人や、やり切れない境遇にある人がたくさんいることを知らされ、自分もまだ大丈夫だ、やっていけそうだと励まされたような気分にもなります。物語に出てくる人物の行動が、自分の日々の行動の指針になるような切実なモデルになることだってあるのかもしれません。

　そうだったのです。私たちが小説をなぜ読み続けるのかといえば、理由はなく、ただ読みたいからなのです。自分の中に心というやっかいなものが存在することを知り、うまく自分でも操ることのできない心と何とか折り合って毎日やってゆかなければならないことを悩むようになったとき、私たちは、そこにある文字を、小説を読んでしまっている。押しつぶされたり、へこんでしまったり、美しく膨らんだりする様々な心の刻まれた物語を読んでいる。好意や共感、嫌悪、反感、嫉妬など、数限りない言葉で表される、人間を特徴づける心の動きをありありと感じさせてくれる物語をむさぼらずにはいられないのです。もし私たちが自分の、または他人の心が分からないと思っているとき、素直にその心の声に従ってほこりを軽く払いさえすれば、もう本に向かって心を開いている自分がそこに立っています。

　この文章では、「文学と心」の項目で取り上げた作家の方々について、一人ずつ下手な解説を加えるようなつもりはありません。このパートに取り上げられた十五人のうちの何作かを軸に、時には別の作品を交えて、言葉と心の関係について考える簡単なきっかけを提示するだけです。文学理論の最も分かりやすい実践は、書かれた作品そのものだとはよく言われることです。この解説は、理論とは全く呼べない情緒的なものですが、おじキリンが文学好きのキリンとしてどれだけ言葉を費やしても、文学が心にもたらすものについて感じ取るには、一つの作品を読むことに勝るものはありません。

　小さな鳥たちを愛し、兄の面倒を見続けた末に、誰にも顧みられることなく死んでいった男の一生を静かに描き出した小川洋子さんの『ことり』であれ、大学生の娘と父があるきっかけから信州へのさくらんぼ狩りのバスツアーに参加することになってしまった一日を描いた表題作を収めた青山七恵さんの短編集『かけら』であれ、大阪の十三にある古いビルを舞台に戦後を生き延びた市井の人々の息づかいを伝える宮本輝さんの『骸骨ビルの庭』であれ。ここに取り上げられた十五作に触れれば、小説の登場人物の行動や言葉の一つずつが胸に深く落ちてゆくような体験ができるでしょう。一つの作品を読んだことによってもたらされた感動が、次の一作の読書へと導いてくれるはずです。

心の試練である恋

　文学が人間の心を育むものだとして、中でも、人の心と心が最も激しくぶつかり合い、互いを優しく、時に厳しく鍛えてくれるものが恋愛小説ではないでしょうか。鎌倉時代の随筆『徒然草』の中で兼好法師は、「よろづにいみじくとも、色好まざらむ男は、いとさうざうしく、玉のさかづきのそこなき心地ぞすべき」と、どんなにすばらしい男であっても恋を好まない男は非常につまらない気がすると言っています。スタンダールは『恋愛論』の中で、恋をしたときの人間の心の変化を細かく観察しました。文学と心について考えるとき、恋愛を描いた作品が大きな位置を占めることは、古今東西、人が人である限り永遠に変わることはないでしょう。

　人間にとって、恋が人を育てる試練であることを描いた小説として、今回の六十冊の中でも取り上げている一九九九年の江國香織さんの小説『神様のボート』があります。一度読むと、その世界観が心の奥底に染みついてしまう小説です。

「あたしが発生したとき、あたしのママとパパは地中海のなんとかいう島の、リゾートコテッジにいたのだそうだ」

　物語の主な登場人物である母の葉子と娘の草子は、二人で暮らしています。葉子は小学生の娘に対して、自分がパパを激しく愛していたこと、その流れの先にある性行為の末に愛しい娘が産まれたことを隠そうとしません。

「骨ごと溶けるような恋をした」とも、さらに念を押すように「その結果あたしが生まれたのだ」とも言うのですから。ただ、パパとママとが世間の言ういわゆる「結婚」をしたのかは分かりません。葉子は、草子が生後六か月だったときに家を出て、一つのところにとどまることを避けるように生活を続けています。高萩、佐倉、逗子……。「私はあのひとのいない場所にはなじむわけにいかないの」「神様のボートにのってしまったから」。そのように語るママの愛の狂気が、短い言葉や会話を連ねた不穏な文章とともに、冷たい指で背筋をなでるかのように、次第に迫ってくるのです。

　恋とは、不格好な形をした固い石のような心と心が、加減をすることなく正面からぶつかり合うような営みです。二つの石は触れ合う喜びを得るとともに、互いの体をぶつけ合う苦しみを味わいます。痛みを避けようとするならば、互いに衝突しないようにほどよく距離を置けるようになるか、衝突を続けて互いの心の角が取れて丸くなるのを待つか、どちらかしかありません。多くのカップルは時間がたつにつれ、そのように関係を変えていきます。

　しかし葉子は、その時間をかけて穏やかな状態へ移行する恋愛のあり方を真っ向から否定します。彼女は自分の運命の男との関係が、恋愛当初の激しさを失うくらいなら、あえて自ら動いて波風を立てることを選びます。恋に不純なものが混じるくらいならば、彼の前から姿を消すことを選びます。自分と夫の間に幸福な性的な関係があり、その結果、子どもが生まれたのだとその子自身に教えるのは、一見ロマンチックですが、実際のところはどうなのでしょうか。まだしばらくの間、大人になる前の時間にとどまっていたい子どもに、無理やり大人になることを促すような残酷な行為かもしれません。

　それでも葉子にとって恋とは、相手を心の底から求める混じりっけのないものでなくてはならず、不純なものが沈殿しないため常に自分が揺れ動かなくてはならない。そのため感情の面だけではなく、物理的にも引っ越しを繰り返して自らを揺さぶり続けるのです。その同士である娘の草子に対して、守られた子どもの時間を与えることより、自分の真実を共有する存在になることを選ばせるのです。おおよそまともな人間の考えることではありません。でも、それほど恐ろしいものが恋なのだと、『神様のボート』は、教えてくれます。

　この小説を自分の心や体が生々しい匂いをたてる若い時期に読むこともあるでしょう。恋愛とは、この世に生まれた男女が成長して大切な相手を自分で見つけ、相手との深い交流を通して自分とは全く違う他者を思いやること、思いやられることの心の喜びを知ることです。その過程、もしくはその過程にあこがれたり、失敗したことを深く後悔したりしていく中で、江國さんが小説に書いたような、人間は時として自分の恋する心が命じるものに殉じることがある生きものなのだといったことが深い実感を伴って分かることがあります。実生活と本の世界とを往還しながら、自分の心と向き合う中で、経験に乏しく貧弱で独りよがりだった心は、また大きく膨らんでゆくのです。

　もし自分から生々しいものが失われていたとしても、（そんなときが来るのか、おじキリンにはまだよく分かりません）、その渦中にある人のことを改めて思うきっかけを与えてくれるはずです。

恋の不平等

『神様のボート』は振り返れば、今からもう二十年余り前に発表された作品です。人間の心にとって恋愛とは、病のような起伏に富んだ激しい感情を伴い、荒々しい世界に人を投げ出すものだ。それは時には、世間一般の良識に抗うことがあるのだといった考え方は、長い時間をかけて今や多くの人に広まったようです。その事実は現在、よく読まれている小説を手に取れば感じ取ることができます。例えば、二〇二〇年の本屋大賞を受賞した凪良ゆうさんの『流浪の月』を開けば、ある事件を背景に、社会の通念に汚されていない混じりっ気のない愛を異性に求める女性の存在が見つけられ、そこに葉子の影を感じることになるはずです。後ほど出てくる韓国文学の翻訳家、きむ ふなさんの文章によれば、韓国や中国でも、『神様のボート』は人気を集めているそうです。それはつまり、このような物の感じ方が日本だけではなく、東アジア全体に共通するものとして広がっていることを示しているのでしょう。

　日本の男女関係は、初めは恋人同士で

あってもやがて母と息子のような関係へと多くの人が移ってゆく傾向があると言われます。ましてや結婚して子どもが生まれれば、妻は母親に、夫は長男となり、その先に子どもたちが連なるような家庭という名前の疑似親子関係に自ら進んで移行してゆく。それは、簡単に壊れてしまいやすい恋愛をもとにした男女関係を維持するための人間の知恵だったのかもしれません。しかし同時に母となった妻に対して、男性側は家事や育児を押しつけ、一方的に愛を受け、精神的にも依存されるような立場に押し込めるような歪みももたらしました。『神様のボート』は、そのあいまいな関係に杭を打ち込み、闇を闇のままうやむやにせず、目を向けさせる役割もありました。

　一方で、この二十年間に多くの人に注目されるようになった問題として、果たして人間は等しく、人を愛することを通して自分を見つめ、心を育む機会に恵まれた存在なのかということがあります。持って生まれた性格が根本的にほかの人とずれたような独自のものであったり、育った環境があまりにも過酷だったり、その人には何の罪もないのに暴力を振るわれてしまったり、人を愛する機会から疎外されてしまった者が存在するのではないか。そのような重い生きづらさとともにどのように人は生きてゆけばよいのか。

　思い出すのは、西加奈子さんの『ふくわらい』です。作家の娘として生まれ、マルキ・ド・サドから名前をつけられた編集者の鳴木戸定。彼女は会った人から総じて変わった印象を持たれるようで、飲み会の席で「鳴木戸さんはロボットだ」とも言われたことがあります。その彼女が小さなころから唯一の趣味とするのが、暗闇でのふくわらいです。老人の顔、動物の顔、アニメのキャラクター。ありとあらゆるものを目や鼻、口、眉毛に分解し、人の顔として並べ直すのでした。

　人が人を認識するときの最大の情報源とは、やはり顔なのではないでしょうか。その際、目が二重だなとかこの人はまつげが長いとか、それぞれの部分が印象を残すこともないわけではありません。でもどちらかと言えば、優しそうな顔だとか、穏やかな顔だとか、全体的な雰囲気で覚えるものではないでしょうか。普段多くの人と接している現代人は、どの人とも相手の性格を理解するまで長くつき合う時間の余裕はありません。顔の印象をざっくりと形容詞にまとめ、取りあえずのその人のイメージを持てるような機能を心に備えていることは、生きるうえでとても大切なことです。その機能が、定には欠落してしまっている。

　見回してみれば、私たちが親しく感じる小説の主人公たちは、いつからか心の大事な機能が欠けているような人たちに取り囲まれています。近年の芥川賞受賞作家たちの作品もそうです。家族も自分も、自身の変わった性格が「治る」ことを願い続け、大学生になってコンビニエンスストアでアルバイトを始め、店員としてのマニュアルに従うことによって自分が「世界の正常な部品」でいられると感じるようになった村田沙耶香さんの『コンビニ人間』の主人公の古倉恵子。中学の授業中に突然、あらゆるものを自分に投げつけてしまい、入院することになる「的になった七未」（今村夏子『木になった亜沙』収録）に出てくる七未。固有の生きづらさを抱えているといった言葉でくくってよいのか、それとももっと重い言葉で扱った方がよいのか思わず考えこまされる人たちです。彼らがほかの人、あるいは大切なものと取り結ぶ関係は、いわゆる運命の男女が一対をなす古典的な恋の形とは違うかもしれません。でも、古倉恵子とコンビニを彩る様々な音たちとの関係のように、人間が切実に何かを求める恋なるものは、様々な形態があってよいのです。そう思うとき私たちは、人間は恋愛をしてこそ一人前などと言われるような、社会が押しつけてくる恋のプレッシャーから解放され、心が軽くなっていることに気づかされます。

　また、島本理生さんの二〇一八年の直木賞受賞作『ファーストラヴ』を読めば、父親を殺した女子大学生の精神的な傷に迫ることを通して、ある人間の心を言葉や性によって損なうことは、その後、生きていくうえで彼らにどれほど重い困難を背負わせるか、痛切に実感させます。

　読売文学賞も受賞した平野啓一郎さんの『ある男』は、中年に差し掛かった在日三世の弁護士が、かつての依頼人の女性から、事故死した再婚相手が全く別人の名前を使って生きていた、と相談を受ける物語です。男の過去に近づいてゆくうち、彼の幼少期の過酷すぎる人生とそれゆえに一途な愛を希求する気持ちが哀しいほど伝わってきます。人間はそれぞれに自分の事情を抱え、その範囲で愛し、生きなくてはならないのは昔から変わりません。ただ拝金的なグローバル資本主義が拡大する中で、個人の社会的・経済的な格差が広がってゆく時代に、本当に自由な意思で、自分の人生を切り開き、心を育んでゆける者がどれだけいるのか、平野さんの物語は問いかけてきます。

　かけがえのない相手を恋い求め、正しく愛することは、人間の心を大きく育む唯一無二の経験でしょう。ただもしかすると神様は、人間をこのような体験を等しく無条件に味わえるように作っていないかもしれない。さらに現代は、人為的な理由で恋愛をする前に厳しい苦境におかれた人間が増えています。小説を読むことによって、私たちの心は深く耕され、想像力という名の栄養がすき込まれてゆきます。本を読み終わった後、胸の上に手を置いてみるのです。日々のせわしない生活の中で、早く、小刻みに打ちがちだった心臓が、心持ちゆっくりと、温かく、粘るような音をたてて響いているのを感じないでしょうか。

読書が与える勇気

本を読むとは、基本的に一人での行為です。読書会や最近ではビブリオバトルなどといった読書イベントも盛んになってきてはいますが、文字を目で追っている時間は一人のものです。本を読み始めたときは、もっと人のことを、人の中でも最も大切なことを司る心のことを知りたかったはずなのに、矛盾するのではないかと感じることがあるかもしれません。ですが実は、本を読んだ経験はやはり人を、最後には人の世に出てゆく方へ向かわせる勇気を与えてくれるのです。

思い切ってこの章の最後は、ドストエフスキーの世界的な名作『罪と罰』を取り上げてみましょう。帝政ロシアの時代、貧しい学生だったラスコーリニコフは、学費が払えなくなって除籍となります。部屋の中に閉じこもり、不遇な生活と根拠のない自意識を膨らませる中で、自分は「選ばれた非凡人」だとの妄想に取りつかれます。彼は、老婆を殺してその金を奪い、その金で人類に向けて役立つことをなせば、一つの罪が何千という善行によって消されるのだと思うようになります。金を奪うため金貸しの老婆を殺害し、さらに、偶然現れた老婆の義理の妹まで殺害してしまうのです。

殺人は、考え抜かれた自分の信念に基づいた行動だったはずなのに、いざ実行してしまうと、ラスコーリニコフは良心の呵責に苦しむようになります。その泥沼の状況を救うのが、娼婦として世の中で蔑すまれる存在だったソーニャとの交流でした。ソーニャの温かい心、痛々しいほど自分を見つめる目に触れて、彼はついに自分の罪をさとり、告白します。

「いますぐ外へ行って、十字路に立ち、ひざまずいて、あなたがけがした大地に接吻しなさい、それから世界中の人々に対して、四方に向っておじぎをして、大声で〈わたしが殺しました！〉というのです」（工藤精一郎訳）と、彼女は言います。ラスコーリニコフはやがて、罪をつぐなう決意をします。

この物語が象徴するように、ごく一部の天才をのぞいて多くの人間は、自分の頭の中で考えたことや本で読んだことより、生身の人間に接して得たことの方がより多くの役立つものを得る生きもののようです。声に発された言葉は、文字で読む言葉より理解しやすいとか、他人と接しているときの言語によらないコミュニケーションが、言葉で発されているものより実は多くのものを受け手側に与えているなど、それらしい説明だってできるのかもしれません。だけど、私たちは説明をされなくても、直感的にこの事実を分かっています。

自分の考えに凝り固まり、そこから出ようとしない人間は、やがてラスコーリニコフのように破滅してしまう。いくら数多くの本を読んだとしても、一人で考えたことは得てして歪みがちで、ソーニャのような健全な心を持った他者が与えてくれる眼差しや言葉の一つに勝るものはありません。『罪と罰』は、逆説的な語り方になるかもしれませんが、この真実をはっきりと浮かび上がらせるのです。

優れた文学作品には必ず、人間が人間とが出会い、魂と魂がぶつかり合った奇跡が刻み出されています。全ては読み通せなくても、もしかして少しでもそれに触れようとした人は、きっと昨日の自分とは違った心のステージにたどりついているはずです。

その世界では、人と交わす言葉の一つずつ、目に飛び込んでくるものの一つずつが、一期一会の新鮮な愛おしさをもって、胸に飛び込んできます。人と出会った喜びを素直に受け止め、その喜びを相手にてらいなく伝えたいと思えるような世界です。文学の心が最も美しく表現された一編の詩は、時として、その祝福に満ちた心の模様を、いきいきとした質感を伴って表しています。

奇跡――ミラクル――　　長田弘

庭の小さな白梅のつぼみが
ゆっくりと静かにふくらむと、
日の光が春の影をやどしはじめる。
冬のあいだじゅうずっと、
緑濃い葉のあいだに鮮やかに
ぼつぼつと咲きついできたのは
真っ白なカンツバキだったが、
不意に、終日、春一番が
カンツバキの花弁をぜんぶ、
きれいに吹き散らしていった。
翌朝には、こんどは、
ボケの赤い花々が点々と
細い枝々の先の先まで
撒いたようにひろがっていた。
朝起きて、空を見上げて、
空が天の湖水に思えるような
薄青く晴れた朝がきていたら、
もうすぐ春彼岸だ。
心に親しい死者たちが
足音も立てずに帰ってくる。
ハクモクレンの大きな花びらが、
頭上の、途方もない青空にむかって、
握り拳をパッとほどいたように
いっせいに咲いている。
ただここに在るだけで、
じぶんのすべてを、損なうことなく、
誇ることなく、みずから
みごとに生きられるということの、
なんという、花の木たちの奇跡《ミラクル》。
きみはまず風景を慈しめよ。
すべては、それからだ。

長田さんは二〇一五年、七十五歳で亡くなりました。東日本大震災の直後に、消化器系の病気で入院し、十一時間の大手術を経験しました。約二万人の死者・行方不明者が出たのに、自分一人のために五人の医者が診てくれたと申し訳なさそうに語られたことがあります。取材を二度させていただいただけですが、有名な詩人なのに、その素振りを全く感じさせない姿に、この人の言葉にもっと触れたいなと思わせる安心感を抱かされました。

死の直前にお会いした際、四季の移ろいや人との何げない触れ合いを慈しんだ詩人は、「木は語らない。でも、その中にささやきやしじま、沈黙もある」と言われました。文学を心の杖とし、愛しながら生きてきた人は、穏やかに、優しく老いてゆかれたのでしょう。

それから五年後、東京・駒場の日本近代文学館に長田さんの遺品や原稿類が寄贈されました。詩人の吉野弘さんや茨木のり子さん、清岡卓行さんなど親交のあった人たちの書簡や原稿などを大切に保管していた姿から、言葉を丁寧に扱った詩人は、人間のつき合いを大事に慈しんだ人だったのだと感じさせられました。

残念ながら、おじキリンはまだ、一本の木の語らない声を聞くどころか、自分の心の声を聞くことも、心が望むことを適切につかむこともできません。自らのことを穏やかそうなキリンになぞらえながら、毎日怒ったり、妬んだり、よく分からない憂うつにとらわれてばかりです。おまけに気分屋で、この原稿も、温厚なマメダヌキ氏に書き上げるといった期日を一か月半ぐらい破ったまま放ったらかしにしています。（キリンも、テレビで見ているとおっとりとした外見からは意外なことに、長い首を振り回してけんかをしていることがあります。だから、僕のようなだめキリンが多少、時々、わがままキリンになってしまうのも仕方がありません。……開き直っているのは、本当は素直に謝れないだけです。みなさま、ごめんなさい）。

自分の心を操ることもできないキリンが書く、「文学と心」についての文章をあなたは信用できないと思うでしょうか。けれど、最近このようにも思うのです。自分の心をうまく取り扱いたい、でも取り扱うことができない。気分が一日に、何度も浮き沈みしてしまう。そんな面倒くさい心を持って生まれてしまったからこそ、僕は小説を求め、多くの物語と出会うことができたのではないか。神様は人間たちをエデンの園から追い出し、苦難の人生を歩ませることになった。だけど、何も知らない代わりに満たされた一生を送るくらいならば、不安定な心を持て余し、揺らぎながら、物語を心の糧にして生きることを選びたい。キリンとして長い首と足もとをふらふらさせながら、頼りないな、もっとしっかりしなさいよと怒られながら、あまり人に迷惑をかけないようにしながら、自分のスタイルでひっそりと生きてゆきたいのです。

selected literature

01

〝待つ女〟を演出し主導権

『袋小路の男』絲山秋子 著

著者の絲山秋子は一九六六年生まれ。バブルのただ中、「男女雇用機会均等法」の第一世代として働いた経験がある。この法律により、女も男と同じように働ける仕組みが整ったが、問題は心がこうした枠組みとどれだけ連動したかである。

『袋小路の男』は絲山秋子の初期の代表作。高校の先輩との十二年にわたる切ない片思いが、女の声で語られる。物陰に身を潜め、じっと好きな男を見つめ続けるばかりの「私」。名前はわからない。誰からも名前を呼ばれない。でも、心の中では強く叫ぶ。「そんなのあなたじゃない！」「格好悪すぎる！　やめて」と。奥手で古風。思いだけは人一倍強い。だからマイペースの男に翻弄《ほんろう》される。典型的な〝待つ女〟。

でも、少し変なのだ。演歌調の恨み節から逸脱する別の「声」も聞こえてくる。鋭い洞察や意表を突くセリフ。むしろ〝待つ女〟を演出しておいて、そこからのズレで読ませる。

実は「私」はめっぽう酒が強く、好んでウォッカなど呑《の》む。愛車はガンメタのゴルフ。男が入院したときは、高速道路をものすごいスピードで飛ばし、関西から見舞いにきた。まさに男勝り。

この小説では「あなた」と呼ばれる男を主役に押し立てておいて、「あなた」よりもずっと男らしいこの「私」が、こっそり主導権を握っているのだ。

女でもあり男。魅力的な人間ほど両方を併せ持つという。こういう人には世界の機微がよく見える。著者はその後、性別問わず様々な人間を描いてきたが、与えられたキャラクターから微妙にズレるのが彼らの魅力でもある。

男女とも新しい役割を模索し始めた現代。だからこそ誰もが〝もう一人の自分〟に気づき始めた。今までとは違う男女を描くこの作家はまさに時代の申し子なのだ。

（阿部公彦・英文学者）

2004年刊
現在は講談社文庫

いとやま・あきこ　１９６６年、東京都生まれ。大学卒業後、住宅設備機器メーカーで働く。２００３年に文學界新人賞でデビュー。『袋小路の男』で川端康成文学賞、『沖で待つ』で芥川賞、『薄情』で谷崎潤一郎賞を受賞している。

孤独な心　弱さの側に立つ

『ことり』小川洋子 著

小川洋子の小説は、現代社会で生きにくさを感じる心にそっと寄り添う。静謐《せいひつ》で隙のない文章が編み出す世界には、独特の崇高さがあり、読む者を魅了する。不器用で周囲と上《う》手《ま》くいかず、この世の隅でひっそりと暮らす人の味方をする、という姿勢がどの作品の根底にもある。「ことり」にはとくに、その方向性が強く出ていると思う。

主人公は「小鳥の小父《おじ》さん」と呼ばれる人物。五十二歳まで生きた兄がいた。兄は十一歳ごろから、周囲には意味不明の言葉を話し出す。その言葉をわかるのは弟だけだった。それは「小鳥のさえずり」に似ていた。

兄は週に一度、近所の薬局でキャンディー一本を買う。その包み紙を集めて小鳥の形をしたブローチを作るのだ。楽しみは、幼稚園の鳥小屋を眺めること。両親の没後、弟はある会社のゲストハウスで管理人として働き、二人の生活は静かに続いていく。

兄がいなくなった後、弟は幼稚園の鳥小屋の掃除を申し出て、奉仕活動としてそれを行うようになる。ところが、ある事件が起き、「小父さん」にあらぬ疑いが掛けられる。困惑の中、いっそうの孤独へ追いやられる。いや、孤独といってよいかはわからない。その心にはいつも小鳥が存在し、兄の思い出が抱きしめられているのだから。

メジロを飼う男と、メジロの歌について対話が生じたとき、「小父さん」はこう述べる。「上手いか下手かなんて、考えたこともありません」と。つまり、生きてそこにいるだけでよい、ということなのだ。

ここには、生の肯定がある。哀《かな》しみと美しさを漂わせる結末への、せつない展開に小鳥の声が共鳴する。孤独な心に目を向け、弱さの側に立つこの小説には、胸にひろがる力がある。

（蜂飼耳・詩人）

2012年刊
現在は朝日文庫

おがわ・ようこ　1962年、岡山県生まれ。88年に海燕新人文学賞でデビュー。『妊娠カレンダー』で芥川賞、『博士の愛した数式』で読売文学賞と第1回本屋大賞。『密やかな結晶』の英訳版が国際ブッカー賞の候補になった。

selected literature
03

女性に響く何気ない言葉

『おまじない』西加奈子 著

何気ない一言が人を深く傷つけることもあれば、窮地から救いだすこともある。そんな「あたりまえ」を痛感させられる一冊だ。

二〇一六年から一八年の間に発表された八つの短編では、現代を生きる女性のさまざまな葛藤や家族の多様な形が描かれている。

マスメディアで理想像として打ち出され、ソーシャルメディアでも拡散されがちな「幸福な核家族像」はここにはない。居ても父の存在は薄く、母子の距離感も微妙だ。逆に祖父母世代との結びつきは意外に強い。

女の子。正統派美少女モデル。おばさんキャラ。主人公の女性たちは、自分に貼られたレッテルに違和感を覚えながらも、まわりの期待に応えようと奔走する。

が、ある出来事をきっかけに、それぞれの「役」と向き合わざるを得なくなる。このまま演じ続けて良いものか。良い子を。良き母を。良きパートナーを。そう悩む女性たちは、家庭、職場、ネット上で遭遇する言葉にさらに傷を深める。

そこに人生の折り返し地点をとうに超えた男たちが、「不在の父」の亡霊かのように姿を現す。社会の周縁でマイペースに生きる彼らの言葉は、女性たちの耳に啓示のように響く。が、これらは単純にさえない「おじさん」がかよわい「女の子」を救いだす物語群ではない。「おじさん」たちは、全能な救世主からはほど遠い。彼らが発する言葉はどちらかというと凡庸だ。にもかかわらず、女性たちは、その言葉の断片をつかみとり、自ら「おまじない」に「変換」してみせる。

冒頭作の「燃やす」は、英訳でも反響を呼んだ。一見柔らかなフォルムのなかに混沌《こんとん》や破壊的なものが詰め込まれている、と。日本の現在を直視し続ける書き手に世界が向ける視線は熱い。

（辛島デイヴィッド・翻訳家、作家）

2018年刊
筑摩書房

にし・かなこ　1977年、テヘラン生まれ、大阪育ち。2004年に『あおい』でデビュー後、『さくら』がベストセラーになる。『通天閣』で織田作之助賞、『ふくわらい』で河合隼雄物語賞、『サラバ!』で直木賞を受賞している。

selected literature 04

変わる街　残る元孤児の声

『骸骨ビルの庭』宮本輝 著

平成六年。バブルははじけていた。主人公の八木沢省三郎は、五十を前にして、勤務先の家電メーカーの早期退職に応じる。再就職先の会社は、八木沢を大阪は十三《じゅうそう》の戦前に建てられたおんぼろビルに送りこむ。命じられた仕事は、その通称骸骨ビルに住みこみ、住人を立ち退かせることだった。

八木沢は焦らず、ビルの住人一人一人の話を粘り強く聞いていく。そこに暮らすのは戦後、町に溢《あふ》れた孤児を匿《かくま》い育てた男の遺志を継いだ老人と、個性的な元孤児の面々だった。孤児たちの話から見えてくるのは、平成元年に没した「男」こと阿部轍正《てつまさ》だ。激動の昭和と運命を共にした阿部は、出征先の南方で「光」を見て戻り、大阪で孤児を育てた。

とはいえ戦後生まれの著者は、戦争そのものにはあえて踏みこまず、昭和を美しいものとしてだけは描かない。孤児の中にも、暴力団の構成員になった者もいれば、阿部から性的な暴行を受けていたと訴えでた者もいる。彼らの存在は物語に影を落とすが、説教臭い懐古趣味からかろうじて小説を救っているとも言える。

古いビルは再開発によって消えていき、街の風景は否応《いやおう》なしに変わっていく。開発を進める側のはずの八木沢だが、元孤児たちの中に入っていき、農業や料理を習いもする。野菜にしても料理にしても、わずかでも手を抜けばだめになってしまうものだが、それは文学の比喩と読むこともできるだろう。

著者もまた、「泥の河」「螢《ほたる》川」のような初期作品から一貫して市井の人々の声を拾いあげてきた。制度や容《い》れ物が変わっても、残るものがある。そこに昭和、平成と小説を書き継いできた著者の主張もあるのではないか。

（秋草俊一郎・比較文学者）

2009年刊
現在は講談社文庫

みやもと・てる　１９４７年、兵庫県神戸市生まれ。大学卒業後、広告代理店勤務などを経て、１９７７年に太宰治賞でデビュー。『螢川』で芥川賞、『優駿』で吉川英治文学賞。２０１８年に自伝的大河小説「流転の海」シリーズが完結した。

selected literature 05

そこにある家族「見つける」

『かけら』青山七恵 著

娘というのは、たぶん、いつか母親との関係を乗り越えなければならない。父親が厳格だったり頑《かたく》なだったりする場合には、きっと父との関係も。けれどもそれが、あまり乗り越え甲斐《がい》のない人物だったら、どうすればよいのか。

「かけら」に出てくる父親は、たとえばそんな人物だ。語り手の〝わたし〟は大学生で、父とふたりでさくらんぼ狩りツアーに行くことになった。家族みんなで行くはずだったのだが、兄の幼い子どもが熱を出したため、母親も来られなくなり、娘の〝わたし〟と父のふたりだけになった。

考えてみるだけで、ずいぶん気まずい状況だ。おそらく思春期を迎えたあたりから、〝わたし〟は父をひとりの人間として観察しようとしてきた。「お父さん」という役割を離れて。けれどそのたびにそのひとは、「ふよふよと逃げてしまう」のだった。ツアーバスを待つあいだ、語り手は自問する。「この人とわたしはちゃんと親子に見えているだろうか？」

だけど語り手はとても目がいいから――青山七恵さんの書く小説の語り手はいつもとても目がいいと思う――少しずつそのひとを見つけていく。読んでいた夕刊に、兄の子どもがこぼしたジュースが染みこんでいくあいだ、何も言わなかった父。バスが停《と》まったサービスエリアでお婆《ばあ》さんを助ける父。そうやって見つけたかけらたちを、〝わたし〟はすぐには組み立てない。ひとつひとつ、ゆっくりと拾いあげてゆく。その手つきを切実だと感じる。

家族というのは、そこにあるものだ。友人や恋人のように選ぶことのできるものではない。すでに、いつも、ただそこにあるもので、だからときどきこうやって、見つけなければならないのだろう。

（谷崎由依・作家）

2009年刊
現在は新潮文庫

あおやま・ななえ　1983年、埼玉県生まれ。2005年に文藝賞でデビュー。『ひとり日和』で芥川賞。『かけら』で短編を対象とした川端康成文学賞を最年少で受賞した。ほかの著書に、『あかりの湖畔』『みがわり』など。

selected literature 06

ネズミの視点　驚きの世界

『川の光』松浦寿輝 著

「プラスチックの樹脂を透かすと、草や石が歪《ゆが》んで見える。空から落ちてくる光が乱反射して、きらきらしたさざ波のようにあたりを満たす。そっと囁《ささや》いたり、大きく叫んだりしてみると、ボトルの内部にくぐもった反響がこだまして、ぼあぼあした妙ちきりんな響きになって耳元に返ってくる」

　これは、プロローグの一部。小さなネズミの目を通してペットボトルの内側から外を眺めたときの描写である。ペットボトルという人間の落としたゴミが、ネズミの目を通すと、こんなにも美しく世界を感受するための装置になり得るのかとうっとりする。この世の片隅に生きる小さな小さなネズミの目を通じて、世界を新しく感じ、考えるための一冊なのだと思う。

　主人公は、クマネズミの子どものタータと弟のチッチ、そして彼らの「お父さん」。

チッチの出産時にお母さんが死ぬという不幸があったが、三匹は川辺の巣で安定した暮らしを続けていた。しかしある時、川の暗渠《あんきょ》化工事が行われ、住処《すみか》を失ってしまう。そこで、安住の地を求めての三匹の冒険の旅が始まるのである。

なにしろネズミなので、人間にはなんでもない距離の移動にも、数々の困難と危険が待ちかまえている。その一つ一つのエピソードが、冒頭のような瑞々《みずみず》しい文章で臨場感たっぷりに綴《つづ》られていく。はらはらしながら冒険を追いつつ、これまで見えていなかったもの、見ようとしなかったものへの驚きに包まれる。この星には、健気《けなげ》に生きている無数の生命があるのだ。

同時に、彼らの物語を社会の比喩として象徴的に捉えることも可能だろう。不条理に耐える無力な存在が、知恵と勇気で誇り高く生き抜く。その姿を見守りつつ、こちらの背筋も伸びてくる。

（東直子・歌人）

2007年刊
現在は中公文庫

まつうら・ひさき　１９５４年、東京都生まれ。詩人、小説家、東大名誉教授。詩集『冬の木』で高見順賞、評論『折口信夫論』で三島由紀夫賞、小説『花腐し』で芥川賞、『半島』で読売文学賞、『名誉と恍惚』で谷崎潤一郎賞を受賞している。

昭和な匂い　少女の記憶

『ビリジアン』柴崎友香 著

私たちは「なつかしさ」を語るのが好きだ。後悔や怨念も、ほんとうは好きだ。小説は、そうした過去へのこだわりに言葉を与えるジャンルとして栄えてきた。

『ビリジアン』も徹底的に過去を描く作品である。掌編を二十ほど連ね、小学校から高校に至る思春期女子の記憶を、時間軸を前後しながら語る。ただ、そこにあらわれる「なつかしさ」の味わいは独特だ。

大阪の夕陽《ゆうひ》と川べりと工場街。「昭和な匂い」のする静かな世界である。少女たちのやり取りは微笑《ほほえ》ましく、脱力的。ボブ・ディランが出てくる魔法のひとときもある。しかし、いじめで殴られ出血したり、交通事故で指がいったん切断されたり、ということも。それでも静かなのだ。「どこか変だぞ」とも思う。

柴崎は情動に身を任せない。世界を見る目が遠い。ドラマが始まっても、ぐいっとブレーキを踏む。タイトルの「ビリジアン」は濃い緑色の顔料のこと。主人公の目にまず飛びこむのは色なのだ。「なんか黄色くない？」「だいぶ黄色い」といった会話が示すように、風景はまずは突出する色として捉えられる。そこへ「太陽は、他にどこにもないような色で、光っていた」とあるとドキッとする。

情緒の一部が冷えている。そこへ世界のざらっとした無機的な感触や、漠たる不安が滲《にじ》む。人間の向こうに、すべてを越えて、能面のような世界の無表情がちらっと見えるのだ。

平成になり、昭和との明確な断絶が見えない中、「近い昔」は既視感の漂う古さばかりが目についた。『ビリジアン』にもそんな空気。「なつかしさ」は無機的な時間に感情の温《ぬく》もりを与えるが、柴崎はあえてその淀《よど》んだ滞留をとらえた。そこに昭和のほんとうの顔がのぞくのかもしれない。

（阿部公彦・英文学者）

2011年刊
現在は河出文庫

しばさき・ともか　1973年、大阪府生まれ。2000年に『きょうのできごと』を刊行。『その街の今は』で芸術選奨文部科学大臣新人賞、『寝ても覚めても』で野間文芸新人賞、『春の庭』で芥川賞を受賞している。現在は、東京在住。

selected literature

08

人の交わり　独自の文体で

『辻』古井由吉 著

文芸作品を書くとは、どういう行為か。それは書き手が作品にふさわしい文体を見出《みいだ》しながら、言葉の歩を進めることにほかならない。古井由吉は、現代の小説家の中でもとりわけその営為を明瞭に見せる書き手だ。古井由吉の特徴は、独自の文体を編み出すだけでなく、長年にわたりそれを育ててきた点にある。

『辻』は、連作短篇《たんぺん》集。十二篇から成る。各篇を緩やかに繋《つな》ぐものは、書名そのものでもある辻だ。人にとって辻とは、歩み、迷い、途方に暮れてはまた進む場だ。追い越され、追い抜き、誰かの歩みと交わったかと思うと離れていく。

父と子の愛憎、男と女のさまざまな縁、生の中の死、死の中の生。「後にしたはずの辻が、また前に現われる」とは、幻を描くようだが、あくまでも具体的な日常の諸相に沿って出来事が述べられ展開される。「お前、坂を引き返して来る途中で、立ち停《ど》まって振り返ったな、と父親は戻った女の顔を見るなり言った」という一行だけでも、ぞっとさせる。小説と厳しく向き合ってきた作者の、身体の底からの声音が響く感じがするからだ。

本書は濃密なエロティシズムを漂わせる。それはエロティシズムという語すら蒼《あお》ざめさせるほどの、深い官能だ。「知らない人に押し分けられて、わたしはどこかで見た広い野原をまた見ている、その野原になっているの、」という箇所などに行き当たると、これこそ文学を読む醍醐《だいご》味だなと思わずにはいられない。

そこにあるのは、単なる意味の指示ではない。イメージの広がりが愉悦を招き寄せるのだ。ドイツ語詩や漢詩にも造詣の深い作者が、散文を追い詰める先へ結実させる小説の世界からは、言葉を読む歓《よろこ》びの波が何度でも打ち寄せる。

（蜂飼耳・詩人）

2006年刊
現在は新潮文庫

ふるい・よしきち　１９３７年、東京都生まれ。東大でドイツ文学を学んだ後、大学教員を務める傍ら小説を書き始めた。１９７１年に『杳子《ようこ》』で芥川賞。『槿《あさがお》』で谷崎潤一郎賞、『仮往生伝試文』で読売文学賞。２０２０年に死去。

selected literature 09

普通の人　緩やかな繋がり

『アイネクライネナハトムジーク』伊坂幸太郎 著

「出会い」をテーマにした歌詞を書いてほしい。尊敬するミュージシャン斉藤和義の依頼を受け、「小説ならば」と書かれたのが本連作短編集の起源。

活躍するのは、サラリーマン、美容師、化粧品会社の広告担当など。多くの伊坂作品を賑《にぎ》わす殺し屋や超能力者などの特殊な人物は出てこない。ボクシングの世界王者もリングの外では「シャイ」な「いい人」だ。

そんな「普通」の人たちが、伊坂作品らしく、境遇を超えて繋《つな》がっていく。しかし、その繋がりはとても緩やかなものだ。友人同士が紹介されたりはするが、人がＳＮＳなどで繋がっている気配はない。テレビ電話も普及しておらず、お気に入りの映画はＤＶＤで貸し借りされる。そんな時代だ。

出会いや再会も極めて「ローカル」で「ローテク」な領域で起こる。人は横断歩道で財布を拾ったり、ファミレスでトラブルを止めに入ったりして出会う。最も「ハイテク」な仕事に携わる本作中の一編「アイネクライネ」の主人公の出会いも、ネット経由で集めたデータが消去されたために命じられた時代遅れの街頭アンケートがきっかけだ。

本作では恋愛において「計算高い」ことは軽蔑《けいべつ》され、「非効率」であることが美徳とされる。出会いや再会を望む者も、敢《あ》えて届きにくいコミュニケーション手段を選び、決してググッたり、タグッたりしない。それでも最後に人は繋がり、ちょっとしたサプライズも仕込まれている。

どんなヘビー級のテーマもライトなタッチで描く伊坂作品は、世代を超えて読者を繋げる力を持つ。デジタル・デバイスで絶え間なく繋がり、出会いを求めて積極的にアルゴリズムを活用する世代に本作が今後どう読み継がれるか。注目したいところだ。

（辛島デイヴィッド・翻訳家、作家）

2014年刊
現在は幻冬舎文庫

いさか・こうたろう　1971年、千葉県生まれ。2000年に新潮ミステリー倶楽部賞でデビュー。『アヒルと鴨のコインロッカー』で吉川英治文学新人賞、『ゴールデンスランバー』で本屋大賞と山本周五郎賞を受賞している。

selected literature

10

対等なヨコ関係の親子

『ジャージの二人』長嶋有 著

携帯電話もろくに通じない山荘に赴く父と息子。そこで数日間過ごすのが、子供の頃からの夏の恒例行事だ。カメラマンの父は離婚と再婚をくりかえす。小説家志望の「僕」は僕で、妻に好きな人ができてぎくしゃくしている。「ちゃんとしていない」二人なのだ。親子に対立や断絶はない。ＴＶゲームをして遊ぶ父親と、同じ漫画を読んで感想を言い合う。そんなフラットな関係は、山荘にいるあいだ二人がジャージを着ていることにもあらわれている。

権威がないのは父親にかぎったことではない。お菓子のプリングルズも、作家のカルヴィーノも、小説の中では同じ距離感でならべられている。

権威が存在する上下のタテ関係ではなく、フラットで対等なヨコ関係が基本形の時代。親子や夫婦はばらばらになってはしまわないか。でも人は、山奥でもどうにか電波を受信できるレタス畑のようなスポットを探しだして、祈るように携帯電話をかかげて繋《つな》がろうとしてしまう。権威なき時代、人やモノを結ぶのは個人的な記憶や思い入れになるのかもしれない。

小説の時間軸もタテではなくヨコ、現在が主となるが、そんな「いま」を切りとった文章の隙間からのぞくのは、過去のふとした瞬間だ。それは父がＴＶ番組の収録後、捨てられてしまう花を花束にしてもらって持ち帰る光景だったり、妻が初めて犬を散歩させたとき、紐《ひも》を「御していない」ことだったりする。確かに父は「ちゃんとしていない」が、不誠実なわけではない。妻も自分の気持ちに素直すぎるだけなのだ。

小説は「僕」の瞬間瞬間の心の動きを、短歌か俳句のように切りとった文章が連なっている。あるいは名カメラマンか。だから、切りとられなかった部分が気になる。余白の芸なのだ。

（秋草俊一郎・比較文学）

2003年刊
現在は集英社文庫

ながしま・ゆう　１９７２年、埼玉県生まれ。２００１年、『サイドカーに犬』で文學界新人賞を受賞してデビュー。『猛スピードで母は』で芥川賞、『夕子ちゃんの近道』で大江健三郎賞、『三の隣は五号室』で谷崎潤一郎賞を受賞している。

selected literature 11

人との繋がりが人を変える

『対岸の彼女』角田光代 著

友だちというもののことがわからない。子どものころからわからなかったし、いまもよくわからない。学校で、職場で、それはひとりに見えないための防衛手段にすぎなかったような気もする。誰かと一緒にいなければ、この世界で生きていくための資格を与えられないから。

専業主婦の小夜子は、幼い娘を連れて公園を転々としている。対人関係に恐れを抱き、居場所を見つけあぐねている。そして働くことを決意するのだが、そんな小夜子が出会ったのが、自分と同い年で自由奔放に生きる女社長の葵《あおい》だった。

葵は、ずっとこうだったわけではないようだ。それが窺《うかが》い知れるのが、小夜子の章と交互に差し挟まれる高校時代の葵の物語だ。中学でいじめを受けた彼女は、進学を機にちいさな町へと家族とともに引っ越していた。けれどその場所も楽園などではない。

同調圧力に押しつぶされそうになる日々のなか、葵の楽しみはナナコとすごすこと。学校では別のグループに属しながらも放課後は一緒に遊ぶ。やっと見つけた〝ほんとうの友だち〟。何ごとにも囚《とら》われないかに見えたナナコには、けれど秘められた家庭の事情があった。「帰りたくない」と言うナナコと、葵は果てのない放浪に出る。その先でふたりはある選択をする。

『八日目の蟬』でも言えることだけど、角田光代の作品においては、事件の〝事後〟が大切に描かれる。葵が葵になっていった過程。誰かが誰かに影響を与えるということ。ナナコの強さは葵のなかで生き続けることになる。それはいつしか、育児や家庭に絡め取られていた小夜子をも、解き放っていくのだ。ひととの繋《つな》がりがひとを変える。とても素朴なその事実に、読み返すたび、涙が止まらなくなる。

（谷崎由依・作家）

2004年刊
現在は文春文庫

かくた・みつよ　1967年、神奈川県生まれ。1990年に海燕新人文学賞でデビュー。『空中庭園』で婦人公論文芸賞、『対岸の彼女』で直木賞、『紙の月』で柴田錬三郎賞受賞。2020年に『源氏物語』現代語訳を完結させ翌年読売文学賞。

selected literature

12

恋の信念　しずかな狂気

『神様のボート』江國香織 著

平成は、日本の同時代作家の作品が世界で広く翻訳された時代だった。とりわけ韓国や中国など近隣諸国での支持は厚く、平成元年、初の短編集『つめたいよるに』を刊行し、本格的な活動を始めた江國香織は、しなやかな文章でいざなう独特な世界をもって若い女性を中心に人気を博している。

ピアノの音色とコーヒーの香り漂うこの作品は、江國の魅力を存分に楽しめる代表作のひとつ。

音大でピアノを専攻し、卒業後、指導教官の桃井先生と結婚した葉子は、二十三歳の時に出会った「あのひと」と「骨ごと溶けるような恋」をする。そして「必ず戻ってくる」という言葉を残して消えた男を、二人の愛の結晶である娘草子と待ちながら、町から町へと引越しを繰り返す。「あのひとのいない場所にはなじむわけにいかない」からだ。

物語は母と娘の一人称が切り替わって進んでいく。そして小学校四年だった娘は高校生にまで成長し、誰も寄せ付けない「旅がらす」のような母の世界に留《とど》まることを拒み、自らの人生を歩みだしていく。

母娘の間に生じる切ない感情のズレや、二人のごく平凡な日常が無駄のない文章で丁寧に描かれ、浮遊した物語の世界へすっと入っていくことができる。

「恋をするということは神様のボートにのるようなもの」と語る葉子。恋とは自分を差し出すもの、と改めて考えさせる。恋に対する揺るぎない信念と運命の人への一途《いちず》な思いにあふれるこの作品を、著者自身あとがきで「しずかだが、狂気の物語」と述べている。その危うい海へ、一度も岸を離れずに生きてきた読者は嫉妬を感じずにはいられない。激しさをひそめた物語の世界に静かにたゆたっている間、読者はとんでもない所に連れていかれてしまう。

（きむ ふな、翻訳家）

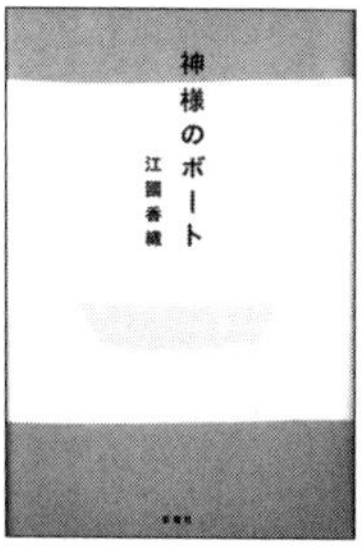

1999年刊
現在は新潮文庫

えくに・かおり　1964年、東京都生まれ。父は随筆家の江國滋さん。1989年『409ラドクリフ』で第1回フェミナ賞。『泳ぐのに、安全でも適切でもありません』で山本周五郎賞、『号泣する準備はできていた』で直木賞を受賞している。

selected literature 13

青春の匂い　裏に薄暗さと毒

『蹴りたい背中』綿矢りさ 著

『蹴《け》りたい背中』が芥川賞に決まったのは二〇〇四年。著者の綿矢りさは史上最年少の十九歳だった。

今読み返しても圧倒的な作品である。世界を新鮮に切り取る言葉が次々に繰り出され、今ここに新しい人がいる、新しい視点がある、と感じさせる。何より、男の理屈が支配してきた近現代文学にこれまでにない柔らかさを持ち込み、いい意味での「へそ曲がり」を表現した功績は大きい。その後の女性作家たちの活躍の先陣を切ったのは間違いない。

主人公の女子高生長谷川は『人間失格』の主人公を思わせる自意識の持ち主。自分と周囲をしっかり観察しては鋭くその欺瞞《ぎまん》をとらえる。友達が少ないのは、「人をえらんで」付き合っているからだという。

もう一方のにな川は、一風変わったオタク男子。女性タレントに自己を投影し、女性誌や香水をためこんでいる。タレントの顔と、幼女の裸体とをつなぎあわせた写真を作っているといったエピソードは、少々禍々《まがまが》しい。

　長谷川はそんなにな川に奇妙な感情を抱くようになる。「この、もの哀しく丸まった、無防備な背中を蹴りたい。痛がるにな川を見たい」というのだ。陸上部のランナーである長谷川の脚は「ごぼう」。しかし、武器にもセンサーにもなるそんな脚が、展開の中で少しずつ意味を変え、最後、そのつま先ににな川の視線を感じた長谷川は静かな興奮をおぼえる。青春の匂《にお》いがたっぷり。しかし、その裏側に甘くもさわやかでもない薄暗さと毒がある。

　昭和から平成にかけ、文体で書く作家は減った。文章が連続的な線の力を生むよりも、面を覆うようにして個々の言葉が輝きを持つ。本作も、不協和音を混じらせながら瞬発力で読ませる作品なのである。

（阿部公彦、英文学者）

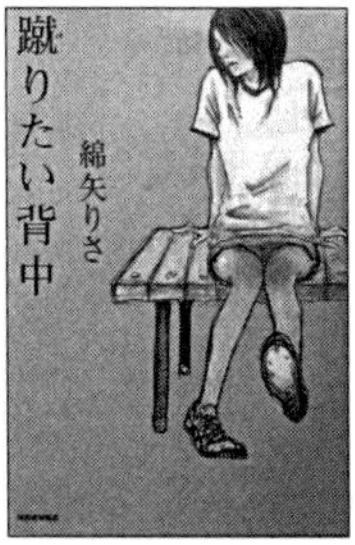

2003年刊
現在は河出文庫

わたや・りさ　１９８４年、京都府生まれ。２００１年に『インストール』で文藝賞を受賞し、デビュー。金原ひとみさんとの芥川賞同時受賞は、社会的注目を集めた。『かわいそうだね？』で大江健三郎賞。ほかの著書に『ひらいて』など。

夢の旅　愉しさと寂しさ

『屋根屋』村田喜代子 著

大人だって、夢を見ていいだろう。いや、大人こそもっと夢を見ていいのだ。村田喜代子の『屋根屋』は、四十代の主婦みのりと、屋根の修理を通して出会った屋根屋の永瀬の、不可思議な関係を切り取る。永瀬には、夢日記をつける習慣がある。過去に、強迫神経症の治療の一環として始めたことだという。

夢を、見たいように見ることができる永瀬に誘導され、みのりは一緒に空を飛び、旅をする。とはいえ、夢の中でのこと。博多、奈良、フランス。寺の屋根、五重塔の屋根、大聖堂の屋根。夢だから急に途切れることもある。「今夜はここで切り上げまっしょ」「何ですって？」「ここで今夜は別れるんですよ」。そしてまた夢で再会する。

屋根は、秘密を隠している。瓦師や若い坊主や大工が残した落書きだ。仕事の合い間に浮かんだ思いや、好きな女性の名前、手習いの歌など。遠い昔、こっそり書かれた落書きは、後の世の人の目に思いがけず、瑞々《みずみず》しく映る。

それらについて、永瀬は「大きな建築物に向き合うと、我が身の小ささを、否が応でも思い知らされるとでしょうな。それで何か書き付けてしまいとうなる」と表わす。ずっと屋根の上で仕事をしてきた永瀬には、よくわかるのだろう。飛ぶ夢は愉《たの》しく、夢の旅はスリリングで心が弾む。けれど、いつもどこかに寂しさが潜んでいる。

それは、気づいてしまったら、気づかないふりはできない種類の寂しさだ。みのりと永瀬は恋人同士ではない。互いを想《おも》う気持ちはあっても、恋愛関係に踏みこむことはない。ファンタジックな夢の旅はどこへ続くのか。夢もまた現実に根差すものだと気づくことは寂しい。この寂しさの中に現代の日常がある

（蜂飼耳・詩人）

2014年刊
講談社。現在は電子版

むらた・きよこ　１９４５年、福岡県生まれ。１９７７年に『水中の声』で九州芸術祭文学賞を受賞し、執筆活動に入る。『鍋の中』で芥川賞、『故郷のわが家』で野間文芸賞、『ゆうじょこう』で読売文学賞、『飛族』で谷崎潤一郎賞を受賞している。

selected literature

15

過去と向き合い生きる

『ある男』平野啓一郎 著

「他人の傷を生きることで、自分自身を保っているんです」。小説家の「私」はそう語る男とバーで出会う。弁護士であるその男、城戸章良は、自らが長らくのめり込んでいた「ある男」をめぐる案件について小説家に語りはじめる。「私」はその男を主人公にした小説を書き、その小説の読者である我々は、そこに描かれた人物たちの物語に引きこまれていく。

城戸は以前離婚調停を担当した谷口里枝から突然相談を受ける。事故死した夫が他人になりすましていたらしいと。自らの出自にまつわる差別に直面し、家庭生活も必ずしも良好とは言えない城戸は、「心情を仮託する他人」を求めるように、人生を丸ごと他人と取り換えた男の調査に没入していく。それはある男の居場所を突き止めるための調査であると同時に、「愛にとって、過去とは何だろうか」と自問する城戸の自分探しの旅でもある。

本作で提示される様々な問題は、幅広い人間関係——特に家族関係——の中で探求される。いかなる手段を用いても家族から距離を置こうとする者も、崩壊寸前の家庭を何としてでも保とうと奮闘する者も、多くはそのために過去を上書きしようと試みる。

そんな中、過去と共に生きる姿勢を最も明確に示すのは、里枝とその長男だろう。思春期の文学青年が、城戸の「報告書」に書かれた「後のお父さん」の新たな物語を受け入れる姿は心に迫りくるものがある。

ウェブなどで過去の知人とも容易に繋《つな》がり、現在の歩みも細かく記録されていく現代において、「過去の縛り」をより強く感じている人も少なくないのでは。そんな時代に、本作は過去と向き合いながら生きていくことの意味を考える機会を与えてくれる。

（辛島デイヴィッド・作家、翻訳家）

2018年刊
文芸春秋

✎ひらの・けいいちろう　１９７５年、愛知県生まれ。京都大在学中の１９９９年に「新潮」に投稿した『日蝕』で芥川賞、『ドーン』でドゥマゴ文学賞、『マチネの終わりに』で渡辺淳一文学賞、『ある男』で読売文学賞を受賞している。

対談

阿部公彦×平野啓一郎

読書論　熱く語る

現代を知るのに役立つ文芸作品を紹介する連載企画「現代×文芸　名著60」に関連して、「本よみうり堂」では三人の選者と文学関係者の対談を随時、掲載します。今回は第一弾として、英文学者の阿部公彦さんと作家の平野啓一郎さんに現代における文学の位置づけや読者に望むことなどのテーマを語り合ってもらいました。

阿部　現代における文学の位置なのですが、学生たちと接していてはっきり感じるのは、「教養」として文学を読むようにと言っても、もう誰にも響かないことですね。

平野　様々なものに取り囲まれている現代人は、何に時間を使うか厳しく選択している。本を読むことも、ゲームやテレビ、動画、SNSなど様々な選択肢のうちの一つ。これらのものが横一線に並んでいる今の時代を、僕は意識して書いています。

阿部　ただ小説を活字で読む文化が広まったのはせいぜいこの二百から三百年。人類の歴史では割と最近で、読書という行為は本来「自然」なものではない。若い人をはじめ慣れるまでは、一定時間集中して読んだり、丁寧に読む楽しさを知ったり、ある程度の訓練が必要なのも事実ですね。

平野　登山だって、最初は低い山からしか登れないでしょう。いきなり難しい本は無理だし、意識して少しずつ読解力をつけていかないと、見たことのない世界には出合えません。

阿部　最近、書店やネットで本の惹句《じゃっく》を見ていると、「すごい」「面白い」みたいな言葉ばかり飛び交っている。読書体験が少なく、本の良さを表現する語彙《ごい》が少ないから、感情をあおる言葉ばかりがインフレーション気味になる。これは現代の社会全般にも通じる問題かもしれない。

『山椒大夫』お薦め

平野　それで今回、深い読書体験を味わえる一冊を持って来るように言われました。挙げたいのは、森鷗外の『山椒《さんしょう》大夫』です。

阿部　安寿《あんじゅ》と厨子王《ずしおう》の幼い姉弟が母と、父を探して旅に出る。その途中でだまされて姉弟は母と離れ離れになり、奴隷になる。説話をもとにした鷗外の代表作ですね。

平野　この小説は謎が多いんですよ。まず、題名がなぜ『山椒大夫』なのか。安寿と厨子王の物語なのに。山椒大夫は、彼らが働く家の主人の名前なんです。

阿部　確かに、よくわかりませんね。

平野　さらに不思議なのは、終盤の展開です。この小説は通常、母と引き裂かれた姉弟の苦難の物語として読まれます。様々な出来事を経て最後に厨子王は丹後の国守となり、奴隷の売買を禁じる。そこで話の展開からは唐突に、「（山椒）大夫が家では一時それを大きい損失のように思ったが、この時から農作も工匠《たくみ》の業《わざ》も前に増して盛になって、一族はいよいよ富み栄えた」という一文が出てくる。なぜこんなことを書く必要があったのか。

阿部　鷗外の小説は、『雁』や『渋《しぶ》江《え》抽《ちゅう》斎《さい》』など、明らかに話が脱線し、むしろその膨らんだところに豊かなものがあることがあります。

平野　明治時代にドイツへ留学した鷗外は、医学のほか国の公衆衛生を始めとする制度設計にも関心があった。鷗外は安寿と厨子王の物語を、単に山椒大夫個人の問題に帰して終わらせたくなかった。奴隷という制度があった社会の問題まで含んで書きたかったんですよ。その思いが一見、読み落としがちなこの一文に気づくことで分かってくる。

阿部　丁寧に読むことで、作家がにじませた言葉の表情が見えてくる。

平野　『山椒大夫』のこの一文は、鷗外の経歴を知るとより理解できる。三島由紀夫の『金閣寺』だって、彼と戦争の関係を知ってこそ理解が深まる。高校の「国語便覧」の主要な作家の紹介欄には、簡単な年表もついていますね。作家の生涯を知って作品を読むのも僕は良いと思う。

良質な手引必要

阿部　小説の言葉にだけ触れ、その声を感じ取るのはかなり上級の読者です。初心者は、作品の背景から本に入ってもいい。現代文学に引き寄せて言えば、その手引きになる良質なブックガイドが必要となる。教養主義で本を押しつけるのではなく、それぞれの人に合った本を「オーダーメイド」で薦めるような。

平野　日本の作家っていろいろな出版社から本を出し、文庫の棚が出版社ごとで分かれるでしょう。本当なら出版社を超えて、この作家ならまずこの三冊といったものを挙げられると良いと思います。

阿部　この作品からあの作品へなどと、キャリアの流れも見えますね。

平野　今でも小説は、言葉を使った最高の応用例である芸術だと思うんです。自分がそれまでうまく言語化できなかったものが、作中の表現や人物のセリフなどによって言葉にされる。それらに触れることで、自分の中でもやもやしていたことに言葉が与えられ、世界の見方が変わる。

阿部　現代はスマートフォンで簡単に時間がつぶせ、一つのものに集中できない。ツイッターの短い言葉で、せわしなく人々の感情があおられる。本を読むことで「静かな自分」を取り戻し、自身の呼吸や鼓動を再発見することも大切ではないでしょうか。

平野　潜在的に小説を必要としている読者に届かせるには、作家の側も努力が必要です。現代を生きる人たちが痛切に求めている言葉の使い方や話の展開、描写の手法なども僕はあるはずだと思っています。

【キリンメモ】　小説を深く読む楽しさを知るためには、作家が書いた文学の入門書に触れるのもお薦めだ。『ナボコフの文学講義』『ナボコフのロシア文学講義』は、『ロリータ』で知られるロシア生まれの作家が、世界の名作を読み解く一冊。カフカの『変身』に出てくる虫は、どんな形かなど興味深い話題が続く。平野さんの『本の読み方 スロー・リーディングの実践』も手に取りたい。

chapter

2

文学と言葉

おじキリンのコラム ❷

私たちは母語の喪失者

文学にとって言葉がなぜ大切なのかと問われれば、その答えはただ一つのような気がします。私たちは誰もがみな、母語の喪失者だからです。そんなことを正面切って言えば、おかしなことを口にするな、私たちは生まれ育つ中で身につけた日本語で読み書きしているし、このように話をしているではないか。アジアやアフリカの旧植民地国のように、宗主国の言葉と現地の言葉を併用したり、政治的な状況から亡命を強いられたりもしていないではないか、などとすぐに反論されてしまうかもしれません。

確かに、日本生まれ、日本育ちのおじキリンは現在、日本語を使って生活し、仕事をしています。だけど、いくつになってもきちんと結べず、斜めに傾いてしまうネクタイを締め、背広を着て、会社で話している言葉は、果たして日本語であっても純粋な意味での母語と言えるのでしょうか。

「それでは先方に連絡を取らせていただいて、急いでお電話かメールを入れさせていただきます」

相手に対して少しでも丁寧さや敬意が伝わるように、失礼だと言われないように、頑丈な敬語のよろいをいくつも言葉に着せて、二重敬語と言われようが全くかまうことなく、気がつけば「させていただきます」を連発するような言葉遣いを、両親や祖父母から私たちは教わったでしょうか。

私たちが生まれたころ、身近な大人が語りかけてくれた言葉は、もっと優しくささやきかけてくれるようなものだったはずです。おじキリンは地方の町の生まれで、小さなころは母親に連れられて、田んぼに囲まれた祖父母の家へよく里帰りしていたそうです。亡くなった祖母は、小さな私をおぶってかわいがってくれたと母が言うのですが、物心つく前のことなので記憶にも残ってなく、写真も残っていません。そのときに祖母は、私たちの町の方言で小さな赤ん坊に向かって語りかけたことでしょう。

「こんなあ、いよいよぉ食べんでよ。もっと食べんさい」

瀬戸内育ちのおじキリンは、こんな言葉を祖母からよく掛けられたような気がします。でも、微妙に違っている。子どものころ広島県と山口県で育ったおじキリンは、純粋な山口県人であった、もっと言えばその中の防府市の海辺の町で暮らした祖母の言葉を再現することができません。標準語と違って方言は文字に書きとめられないものだから、語り手によって話し方が違うし、世代を追うごとに少しずつ変わってゆくものです。長い目で見れば、テレビをはじめ発達したマスメディアから流される標準語の影響を受け、日本語は均質化していく流れの中にあります。

ただ、子どものころに聞いた方言を取り戻せば、母なる言葉は戻ってくるわけではありません。言葉が通じない赤ん坊に向かって話しかけるとき、大人は相手の気持ちをくみ取ろうとします。なにげないしぐさや目の動きから感情を読み取り、その子にだけしか分からない言葉で声をかけ、喜ばせたいと思うものです。赤ん坊が声を発し始めたときのまだしっかりとしていない断片的な言葉を二人だけに通じる言語として共有し合うこともあります。それらの言葉は子どもの成長とともに失われて、もう二度と聞くことはできないのです。

だから方言の話者であろうと、標準語の話者であろうと、生得的に身につけたものではない第二言語で話すことを強いられたものであっても、僕たちは多かれ少なかれ母なる言葉を失った者たちなのです。その失った言葉と似た感触のものを求めて、私たちは物語の中をさまようことを宿命づけられています。それは単に、自分が物心のつかないときに聞いた言葉と全く同じものを物語の中に追い求めるといった意味ではありません。普段気づかないでいる自分自身が安らぎやすい言葉の響き、文章によって導き出される世界の質感のようなものと向き合うことなのかもしれません。

　ここまでの話を振り返って、言葉を発せられない状態の親と子、祖父母と子の関係を重くとらえすぎていると、みなさんは思われるでしょうか。

母の語った「ノーベルショウ」

　母親が幼いころに語った言葉が、自身にとって大きな体験となっている人は、世界的な文学者の中にもよく見かけます。二〇一七年にノーベル文学賞を受賞した日本生まれの英国の作家、カズオ・イシグロさんがその一人です。彼は十二月にスウェーデンのストックホルムで行われた授賞式の後、晩さん会を締めくくるスピーチでこのような子どものころの思い出を明かしました。

　イシグロさんは五歳まで長崎で育ち、その後、父親の仕事のため英国へ渡りました。華やかなパーティーが行われたあの日、千三百五十人の列席者を前に語ったのは、平和や文学について意識させられた出身地、長崎での五歳のころの思い出です。イシグロさんがノーベル賞について知ったのは、畳の部屋で読んだ本や母の声を通してだったそうです。その本には、ダイナマイトを発明したノーベルらしい男が描かれ、子どもだったイシグロさんは、お母さんが日本語で「ノーベルショウ」と語る言葉を聞きました。お母さんは「『ノーベルショウ』とは『ヘイワ』を促すもの」だと言って説明しました。

　当時を振り返って、イシグロさんは「長崎が原爆で壊滅的な打撃を受けて十四年後だった。私は平和とは何か大切なものだと知っていた」と語りました。

　被爆者でもあったイシグロさんの母、静子さんは、息子がノーベル文学賞を受賞して一年余り後の二〇一九年に九十二歳で亡くなりました。

　一九四五年八月九日、原爆が長崎に落とされたとき、半径二百四十メートルの火の玉ができ、地上の表面の温度は太陽と同じくらいになったと言われます。四十五年末までに七万三千人余りの命を奪い、その後も原爆症で次々と人が亡くなってゆきました。放射能が子どもにどのような影響を与えるかがまだ分からなかった時代、我が子を育てる母親の不安はどれほど大きかったでしょう。子どもの成長を願い、平和を希求する願いはどれほど切実だったでしょうか。

　その深い気持ちがこめられた「ノーベルショウ」や「ヘイワ」の言葉。そのほか、これと似たような大切な言葉を、イシグロさんは母親から数多く聞いたはずです。成長するにつれて日本より英国での人間関係が広がり、英語での会話に取り囲まれてゆくようになるほど、あるころから、母から聞いた幼いころの日本語やその声が、自分の心の中に自分でも消化できない異物として存在することを意識し、反芻したでしょう。心に落とされたその種はやがて膨らみ、発芽する。天に向かって芽を伸ばすエネルギーは、自らが創作に向かうにあたっての想像の羽を広げる動力となったに違いありません。

突然の自殺によって娘を亡くした英国に住む日本人女性の主人公に、戦後の混乱した長崎への思いを深くにじませた『遠い山なみの光』をはじめ、英国貴族に長年仕えた執事の姿に、日本的な男の静けさが漂う『日の名残り』、生命倫理の問題を背景に、短い命を燃やすことを運命づけられた若い男女たちの生がもののあはれを深く感じさせる『わたしを離さないで』、謎の霧に覆われて人々が記憶をなくしている世界で、息子に会うために長い旅を続ける老夫婦が登場し、日本の民話を思わせるような鬼や竜なども出てくる『忘れられた巨人』に至るまで。イシグロさんの作品には、読み応えのある物語としての厚みを持った英国文学の伝統と、日本的な叙情が混ざり合っているとよく評されます。

その背景には、英国での長い暮らしの中で普段は心の奥底に眠りながら、確かに息づいている母の言葉があるように思うのです。それは日本語とはいっても、標準語ではなく長崎の言葉であり、女親が子どもに語りかけるような優しい響きのものでもあったはずです。そして母親が亡くなった今、その言葉は世の中から永遠に失われてしまった。哀切な言葉への思いと、それらが核となって導き出されてゆく重層的な物語世界は、たとえ英語の原文で読むことができない私たちでも、翻訳を通じて感じ取れるのです。

外国語の勉強は厳しい修練を伴い、誰もがそれに耐えられるものではありません。グローバル化の時代だと言っても、多くの人間は国境や言葉を越えて生活の基盤を築くほど自由に暮らせるわけではありません。それでも、誰もがみな母なる言葉を失った世界を生きていることは共通しています。その点で、自分の出生地やルーツと異なる言語で書く作家の心の葛藤や、複数の言語の狭間で歪み、新たな魅力を引き出された小説言語の味わいも、自分の切実な問題として受け止め、共感して読むことができるのです。

言葉に反発するとき

私たちは母なる言葉、それに似た心地のよい質感を与えるものを求めて小説の中を旅する存在なのだと、これまで説明してきました。ですが同時に、私たちの中には自分が生まれ育った言葉に対する反発やそこから逃れて自由を求める気持ちも強く合わせ持っています。母なる言葉は、まだ一人で生きていけず、親から命を守られている子どもたちが生きものとしてやりとりする色合いの強い言葉であり、子どもが教育を受け、世の中の規範を学び、社会に馴らされていく以前の言葉でもあります。やがてそこから私たちは巣立たなければなりません。そもそも各家庭の個別の事情や社会的要因から、幼いころに自分の周りで飛び交った言葉を聞く環境が、粗野だったり、野蛮だったり、自分にとって望ましくない、冷たく突き放されたようなものだった人も数多くいます。

自分という人間の基層を形づくる言葉とそれらが飛び交っていた世界に、複雑な感情を持ちながら成長した人間が、解決できずにいるわだかまりに決着をつけようとするならば、そのころの自分を取り巻いていた言葉を用いて、自分でもよく分からない当時の感情へ降りてゆき、対決しなくてはなりません。

その一つの例が、関西の言葉を使った息の長い文体を駆使した川上未映子さんの二〇〇八年の芥川賞受賞作『乳と卵』です。豊胸手術を受けたいのだと上京してきた三十九歳のホステスの姉の巻子は、小学生の娘緑子を連れて、東京にいるわたしを訪ねてきます。その夏の三日間を軸にして物語は展開します。シングルマザーとして場末の町でホステスを続け、生計を立てている巻子のことを思春期に差しかかり始めた娘は嫌っています。母親と口をきくことを拒否し、自分の体が大人の女性へ近づいてゆくことの戸惑いや不安、親への不満を日記につづっている設定を取っています。

> あたしはいつのまにか知らんまにあたしの体のなかにあって、その体があたしの知らんところでどんどんどんどん変わっていく。こんな変わっていくことをどうでもいいことやとも思いたい、大人になるのは厭なこと、それでも気分が暗くなる。
>
> 最近はものを見てると頭がいたい、最近はずっと頭がいたい。目から色んなものが、入ってくるのか。目から入ってきたもんは、どっから出ていくのでしょうか。

緑子が日記につけている言葉は、誰に見せるわけでもない子どもの文章であり、幼いころから使っている関西弁が混じっています。ただ単純な話し言葉ではなく、学校教育の影響を受けて書き言葉としての標準語が文章の土台になっています。「知らんまにあたしの体のなかにあって」と、関西の話し言葉を使ったかと思えば、「気分が暗くなる」と大人のような標準語を使う。この関西の言葉と標準語が混ざった状態、それはそのまま、幼いころから親をはじめ身近な人が語る方言に取り囲まれた世界を離れ、学校教育に象徴される標準語の社会が自分の中で存在感を持ち始めた小学高学年の少女の精神の成長状況を示しています。この言葉を通路にして、川上さん自身も少女の心の世界に降りていきます。それに対して、小説の中で描かれる母親の巻子は、このような言葉で語るのです。

あんたは、あたしと口がきけんのやったら、どうでもしい、どうでもしたらええよ、ええわ、と云い、ひとりで生まれてきてひとりで生きてるみたいな顔してさ

あんたは、いつもあたしの話を聞いてないし、あんたはあたしをいつも馬鹿にして、馬鹿にしたらええわ

巻子の言葉は、庶民の生活の匂いが強く染みついた生粋の関西の話し言葉です。巻子が語る言葉は感情的で、語れば語るほど、標準語の書き言葉の世界が自身の中に広がり始めた娘の緑子との乖離が浮かび上がってゆきます。巻子の言葉は瞬間的に人の心に訴えかけたり、共感を誘ったりすることができますが、緑子の言葉のように自分の感情を整理し、長い時間をかけて緻密に論理を組み立ててゆくことはできません。巻子は娘に乗り越えられてゆく運命にあります。一方的に庇護される関係だった親を突き放して見る視線を持つ少女を描くためには、この方言混じりの文章は必然だったのです。単に魅力的な文章や語りを生み出す飾りとして使われているわけではありません。

この物語の言葉は、巻子と緑子に加え、東京で暮らす「わたし」こと妹の夏子の三層構造となっています。川上さんは芥川賞から十一年後、この東京に暮らす夏子を主人公とした『夏物語』を発表します。作家自身も故郷の大阪を離れて東京での生活が長くなったとき、もう一度、自身を培ってきた生活を見つめ直したくなったのかもしれません。

川上さんの小説だけではなく、気がつけば世の中には、方言を使った小説が目立つようになりました。二〇二〇年一月に発表された芥川賞の候補作は、その傾向を象徴するかのようでした。受賞作となった古川真人さんの『背高泡立草』は、九州の島に残るさびれた祖父母の実家の草刈りに、親族と向かう娘たちを描いた作品です。「そりゃ、この納屋が吉川のやけんよ。使わんでも、刈らないかんじゃん」。文字を追ってゆくうちに、潮の匂いが混じった言葉が耳元で響き出しそうになるほど、地元の言葉が生かされた作品でした。青森の泥沼の村長選を題材にした木村友祐さんの『幼な子の聖戦』は、濁点の多い東北の言葉が使われ、乗代雄介さんの『最高の任務』は北関東の言葉が随所に出てきました。

方言は使われていないにせよ、千葉雅也さんの『デッドライン』は進学で上京した大学院生の物語で、もしかすると彼の言葉は東京に来て標準語に近づけることを意識した人間が使う若者言葉なのかもしれません。

この状況を経済のグローバル化が進み、メディアの普及で標準語が広まることによって、地方の風景や言葉が平板に

なってゆく中で、それぞれの地域を特徴づけてきた方言が改めて注目されるようになっただけと解釈するのは、少し深みに欠けるような気がします。自分の生まれ育ちや取り巻いてきた環境、物の考え方を根底から規定するものを、言葉のレベルから突き詰めてみたいという根源的な欲求が高まっているのではないでしょうか。

言葉を選び取る

　これまで見てきたように、文学の言語の運動には、自分という存在のおおもとにある言葉へ近づくものがあり、逆に遠ざかろうとするものがあります。さらに、そのもう一歩先には、それらの言葉を土台にして自分にとって小説を書くのにふさわしい言葉を新たにつかみ取って、物語として書こうとする動きがあるのではないでしょうか。交通機関の発達による人々の移動やインターネットによる情報のやり取りが世界的に活発になってきた現在、米国出身のリービ英雄さんや中国出身で芥川賞作家の楊逸さん、台湾生まれの気鋭、李琴峰さんなど、日本語を母語としない作家が現れたのはこの流れの表れです。これらの作家の存在は、日本語は日本人のものといった固定観念を揺さぶります。

　日本から外国に出て文学活動を続けていることで知られるのは、ドイツのベルリンに住む作家の多和田葉子さんです。読売文学賞をはじめ日本の数々の文学賞を受賞するだけでなく、英訳された『献灯使』で全米図書賞の翻訳文学部門を受賞するなど、国際的に注目を集める書き手です。日本語とドイツ語の両言語で執筆し、三代にわたるホッキョクグマを描く代表作の一つ『雪の練習生』は日本語で作品を発表した後、自らドイツ語に翻訳しました。その英訳版のMemoirs of a Polar Bear は、ドイツ語版から訳された作品です。その存在は、もはや日本の作家かドイツの作家か区別することさえ無意味に感じさせます。

　その多和田さんの言葉に対する考え方が、自在な言葉の使い方とともに物語の形を取って流れ出しているのが、現在、三部作として執筆を進めている小説『地球にちりばめられて』です。主人公のHirukoは留学中に、日本を思わせる故郷の島国が消滅し、スカンジナビアに住む人にはほぼ通じるという自分だけの言語「パンスカ」を作って話しています。その若い彼女の周りには、言語学者の卵であるクヌートや、グリーンランド生まれでコスプレのようにスシの国の住民のまねをするナヌークなど個性豊かな若者たちが集まっています。

　Hirukoと聞いたとき想像させられるのは、日本最古の歴史書『古事記』の国産み神話に出てくる「水蛭子」です。イザナギとイザナミから最初に生まれたのに、ヒルのように弱く、葦船で流されて捨てられてしまった神です。自分で作った言語を話して生きようとする彼女のあり方は、多和田さんが母語の外に出て執筆をする自らの創作姿勢について書いた『エクソフォニー』の中にある、「創作言語を何らかの形で『選び取って』いるのでなければ文学とは言えない」と説いた創作論とも響き合うようです。つまりこの物語は、自ら日本の外に出て水蛭子のように日本文学史のアウトサイダーとも言える場所で執筆してきた著者が、自らと同じように言語を主体的に選び取って生きる女性の主人公を作り出し、日本のみならず世界に向かって投げかけた物語なのです。Ｈｉｒｕｋｏは、多和田さんが物語空間に放った自らのアバターと見なせるのかもしれません。

そのアバターたるＨｉｒｕｋｏは、失われてしまった故郷の言葉をもう一度思う存分に話したいと、母語を語る相手を探す旅に出ます。その旅を続けるうち、国境や言語、性別を超えて同世代の仲間ができ、一体どこの国の言葉なのか、各人の言語の習熟レベルも、滑らかさも異なる言葉が飛び交う、にぎやかな言語空間が生み出されます。次に何が起こるか分からない、一種のユートピアのような祝祭的なこの時空間を丸ごと体感できるのが、この作品の魅力の第一です。

ですが、この長い旅の末にようやく出会ったＳｕｓａｎｏｏは、Ｈｉｒｕｋｏが話し掛けても、全く口を開こうとしません。この物語の第二部にあたる『星に仄めかされて』で、Ｈｉｒｕｋｏは堰を切ったように、このような言葉をＳｕｓａｎｏｏに向かって語りかけるのです。

> ナメクジ、ミミズ、なまこ。ぬるぬる、にゅるにゅる、うにゅう、にゅう。形のはっきりしない生き物たち。水に溶けてしまいそうな皮膚。蛭の身体は柔らかいけれど、それでもちゃんとした形があるの。マガタマの形……

このＳｕｓａｎｏｏの失語と、奔流となってあふれ出すＨｉｒｕｋｏの発語は何を意味するのでしょうか。自分の母語の外に出る体験を通し、異国の言葉に囲まれた人間がまず味わうものは沈黙です。母語のように思った通り話せない、相手が何を言っているか分からないとき、人は黙り込むしかありません。故郷の国ではどんなに高い社会的階層にあったり、知的な階層にいたりする人も、言葉が話せなければ愚鈍な人にさえ見られます。そのもどかしさの中で、心の奥底にたまってゆくのは白い無音の世界です。世の中から孤絶した感覚とともに、しんしんと降り積もる雪のような沈黙は、自分と向き合い、言葉や論理を磨き、勇気をもって次の発語に踏み出すためのエネルギーとなるのです。

その言葉に飢えた人間が、自分が自在に使える言葉で語れる人と出会ったとき、話してもまだ話し足りない切実な衝動に取りつかれた状態を示したのが、Ｈｉｒｕｋｏの饒舌です。沈黙にせき止めら

れた言葉が、堰を切ってほとばしるとき
それはもう自分で制御できるようなもの
ではありません。和語と漢語が織り成す
均整の取れた輪郭から、軟体動物のよう
なつかみどころのない言葉がにじみ出し、
ねじれよじれしながら滴っては、口から
あふれ出してしまう。制御のつかない、
一つ間違えれば人間の神経を狂わせてし
まいそうな危険なものです。自分が自分
でなくなり、語る衝動に憑依されたよう
な言葉の中で今まで見たこともないよう
な言葉が、自分の中で生まれてくる。

多和田さんの作品は、母語の外に出た
世界の人間が、強いられた沈黙と発語へ
の衝動に引き裂かれ、その軋轢が新しい
言語表現を作り出す力強い人間の言葉の
力学を苦しいほど捉えきっています。

表意文字と表音文字

日本語の文学におけるとき、もう一つ考
えなくてはならないのは、表意文字であ
る漢字と表音文字である平仮名や片仮名
を組み合わせた書き言葉の体系を持って
いることです。アルファベットを使う英語
や仏語などとは、全く異なっています。

フランスのラブレーの『ガルガンチュ
アとパンタグリュエル』は、巨人王ガル
ガンチュアの誕生や成長、冒険などを
描くルネサンス文学を代表する作品です。
この中には笑いや風刺を交えたような詩
が出てきますが、かつて仏文学者の渡辺
一夫はその一編をこのように漢詩を使っ
て訳しました。その訳業で一九六五年に
読売文学賞を受賞しています。

先日脱糞痛感
未払臀部借財
同香而非同香
濛気芬々充満

これと同じ作品を新訳し、二〇一三年
に読売文学賞を受賞したのが宮下志朗さ
んです。宮下さんは同じ部分をこのよう
に訳しています。

先日、われ脱糞しつつ
わが尻に残りし借財を感ず
その香り、わが思いしものにあらずして
われ、その臭さに撃沈さる

漢字を使った渡辺一夫の訳には目で文
字を追う喜びがあり、文語調を生かした
平仮名と漢字交じりの宮下さんの訳には
柔らかみと声に出す喜びがあります。日
本語の文学の文章は、このように文字を
読む面白さへ傾く力と、音声を響かせる
面白さへ傾く力との狭間で、いつも引っ
張り合われているような特性を持つよう
です。

「小説の文章に『声（ボイス）』がある」。
近年、文学作品を語るときに文章から響
く声の魅力を強調するような言い回しを
よく聞くようになりました。このパート
で紹介するパンク歌手としても活躍する
町田康さんや、東日本大震災後、宮沢賢

治の『銀河鉄道の夜』をもとにした自作の朗読劇の公演を続けたことでも知られる古川日出男さんをはじめ、音楽や舞台、外国の小説など様々な分野から影響を受けた作家が登場し、漢字を使って意味過多となりがちな日本語の言葉をよりしなやかで、みずみずしいものへと解放しています。

かつて、「文は人なり」とか「文体こそが作家を規定する」といった物言いがありました。もちろん人間の心の動きや社会の空気といった明確な輪郭のないものを扱うのが文学である以上、それらを収める器、すなわち「文体」がなければ、形があるものとして差し出すことができないでしょう。作家にとって文体が大切なことはいつの時代も変わりません。ですが、現代の文学の言葉や文体について語られるときの空気感は、もう少し軽やかな感じがします。

愛をもって紡ぎ出す

「言葉を楽しむ」の項で取り上げられる作家の小説に触れれば、様々な姿をした言葉に出会えるはずです。人が人を好きになることによって現れる複雑な男女の様態を描く山田詠美さんの小説の、何げないようでありながら、文中のその場所からどの語も一つとして動かせない精密に組み立てられた言葉。現代の男女をめぐる物語や人と動物が種を越えて交わる世界、近未来風のSF的な作品をはじめ、どのような話を描いても、人間の生きるスタイルやたたずまいを問い返されているように感じさせる川上弘美さんの潔い言葉。精神や肉体的に虐げられた人間の心の闇、それらが集まった社会や国家の大きな闇と共振し合う中村文則さんの妖しい言葉……。一人の人間から紡ぎ出される言葉はこれほど多様な形を取りうるものであり、思いがけない感情を引き起こすことに驚かされます。

人間の心の動き、時代の風景や街の空気を描くにあたって、ある作家は頭の中から絞り出し、ある作家は胸からわき上がるものを塗りたくってゆく。物語の言葉はそれぞれのやり方で書かれ、推敲を重ね、残されます。小説を書かない人間には想像がつきませんが、いずれにせよ普通の人間には耐えられない、労苦が伴うものでしょう。ただ作家ではない私たちにも、小説の中にある精魂込められた言葉を読むとき、時間をかけて一つの人や物事を言葉で表すこととは、何かの祈りにも似たこの世界に対する無償の愛の行為なのだと感じ取ることができます。

堀江敏幸さんが二〇〇三年に川端康成文学賞を受賞した短編「スタンス・ドット」（『雪沼とその周辺』収録）は、山あいの町に立つ古ぼけたボウリング場を舞台にした物語です。たった五レーンしかない小さなこの場所を、オーナーの男性は二十数年、世紀の変わり目まで守り続けてきたのでした。ですが、それも今日で終わりです。妻が逝き、健康状態が不安になった男性は店を閉じることにしました。静かに廃業の時間を迎えようとしたその三十分前、気まぐれのように若い男女が建物に入ってきます。男性は二人に頼んで、最後のゲームをお願いするのです。

若い男はキャベツのような緑色をしたボールを持ち、ピンに向かって投げます。オーナーの愛したボウリング場の光景や響く音とはこのようなものです。

転がすのではなく、足もとにどすんと放られた樹脂のキャベツは、右ガーターすれすれの部分を通り、しかし溝にはかろうじてはまらないよう微妙に変化しつつ一番をかすめて二番ピンの左側へよじれ、ばらばらと六本倒した。三、六、九、十番ピンが残った。

深い岩穴の奥の小石を投げ入れたときの、くぐもった響きが耳に届く。

オーナーの男性が自分の長い時間を注ぎ込んだボウリング場の締めくくりにはおおよそふさわしくない頼りないゲームが続いてゆきます。若いカップルの傍らに立つ男性は、ハイオクさんというすばらしい球を投げた過去の客のことや彼が生み出すボールとピンの弾ける音をふと思い出すのでした。

ピンが飛ぶ瞬間の映像はおなじなのに、その一拍あと、レーンの奥から迫り出してくる音が拡散しないで、おおきな空気の塊になってこちら側へ匍匐してくる。ほんわりして、甘くて、攻撃的な匂いがまったくない、胎児の耳に響いている母親の心音のような音。

ボウリング場でボールを投げるのは、ほんの一瞬のできごとです。それなのに作家とは、まるで超高性能カメラのスローモーション映像のようにレーンを滑ってゆくボールを映し取り、一瞬で消えてゆく音を再現することができるのです。「くぐもった」とか「ほんわりした」とか、堀江さんが描く男性の愛する音は、はっきりとしないものばかりです。ほかの部分を読んでいても、「濁り」や「ひずみ」など、五線譜に几帳面に並ぶ音符の列をあえて波立たせるような言葉が目立ちます。この短編の題名の「スタンス・ドット」とは、ボウリングを投げるときの目安になるレーンの立ち位置を示す印の意味です。

このオーナーの男性が好むボウリング場の音をつづった数々の言葉は、彼自身が、経済や社会の論理で明快に割り切れる場所からは距離を置くことを生きる立ち位置としてきたことを想像させます。それはつまり、世の中で成功を収め、名声を得て、大きな地歩を社会の中に求めるような生き方とは対極にある市井の小さな一市民として生きる人のあり方です。「小さく説く」と漢字で書く小説が長い間、繰り返し紡ぎ出してきたのはこのリトルベアーボウルのオーナーのような、自分の生きる場所を小さく定め、その中で懸命に美しく生きてきた人たちなのかもしれません。

世界に橋を架ける

　このように思い返してゆくとき、私たちは母なる言葉だけを失う存在ではないことを悟ります。自分の愛した風景、大切な人、取り巻く音、すべて私たちの周りにあるものはやがて失われてゆく。だけど文学はそれらを物語にして、時には現実よりも美しく、汚く、書きとめることができる。これらの事実を思うとき深く慰められた気分になるのは、このおじキリンが、言葉を持つキリンになってしまったからでしょうか。僕がサバンナを駆け回り、長い首を生かして好物の木の葉を気ままにゆっくりと食べていたころ、このように物思いにふけることはなかったのでしょうか。

　もし私たちが言葉を持たなかったとしても、長い首を折り曲げてキリンが一心に木の葉を食べている姿は変わることはありません。夢中になりすぎているがゆえにユーモラスに見えてしまうあの姿を言葉で表現できるようになるだけで、キリンそのものの本質が変わるわけではありません。草原を縦横無尽に駆け回るライオンやヒョウ、チーターの気高さも、大きな群れをなしてゆくヌーの迫力も、大きな鼻を揺らして水を噴き出すゾウの雄大さも、言葉があっても何一つ変わらない。

　むしろ言葉を持たないサバンナの仲間たちの方が、言葉を持たない分だけおかしな観念に毒されず、純粋な魂が剥き出しにされたような美しさを感じさせます。

　けれどこの世に言葉がなかったら、僕はこの本に挙げられた小説を読むことはなかった。物語の言葉に触発されなければ、おじキリンとなった僕が、このおかしな解説を書き始めることはなかった。マメダヌキ氏（見た目は優しいけど、結構厳しい）からの締め切りの催促におびえることもなかったし、原稿の書き直しや文章の入れ替えの指示におびえることもなかった。本が家に増えすぎ、思春期になった子ども二人がいるにも関わらず一室を本置き場として占拠してしまった部屋の机で、妻に隠れてこの原稿を書くこともなかった。子どものおやつのはずのブルボンのお菓子チョコラングドシャ（サックリ食感でチョコクリームをサンド）をこっそり棚から盗み出し、血糖値を上げるのだと自分に言い聞かせて一気に食べ、パソコンに向かうこともなかった。なぜか長い間、自宅の机の上に置きっ放しになった岡崎京子の漫画『ｐｉｎｋ』をもう何度目なのかも分からないのに、また開き始めることもなかった……。

　でも、それら全ては言葉がなければ書きとめられません。そして、その言葉のもととなる多くは、これまで出会った多くの人や大切な本からのものなのです。

selected literature

16

過剰な文体の純愛物語

『夫婦茶碗《めおとぢゃわん》』町田康 著

妻と二人暮らしの「わたし」は、生活を立て直すために職さがしに奔走する。「小熊のゾルバ」なる童話を書こうとするもはたせず、そうこうしているうちに妻にはこどもが生まれ、現実と理想の生活の乖離《かいり》はますます進んでいく。ついにゾルバの構想は現実を侵食しはじめ、語りはますます混迷をきわめていく。

地口や古めかしい言葉づかい、織田作之助や野坂昭如の系譜を継ぐ関西方言や意図的な反復などが盛りこまれ、過剰なほどにリズミカルな文体。しかし奇抜な文体的しかけと、著者がパンクロッカーでもあるという情報を一度とりさってみれば、残るのはどこまでもシンプルな物語だ。

ひとつは、日々の労働。「わたし」はペンキ塗りの職人になるが、日銭はほとんど手元に残らない。それどころか労働は生活のうるおいを奪っていく。電話帳で求人を探しても自分にできる仕事はない。工業化し、職業が専門化した社会で疎外される人間の姿が「わたし」なのだ。就職氷河期まっただなかに発表されたこの作品は、平成のプロレタリア文学だとも言える。

もうひとつは、愛。「妻と安楽に、末永く、ともに白髪の生えるまで暮らした」いと思っている「わたし」の姿勢は終始ぶれない。表面的な過剰さとは裏腹に、本作は一途《いちず》な純愛物語でもある。同時に本作で描かれる家族観は意外に保守的でもあることに気づく（しかし、この夫に平然とつれそう妻は一体何者だろう）。伝統的な価値観を否定しない「わたし」は、結末で夫婦茶碗に祈るように茶柱をたてようとする。

家庭を持ち、平穏に暮らすこと。そんなささやかなしあわせですら難しくなってしまった時代。生活が背景にあるこの作品は、前衛であっても切実なのだ。

（秋草俊一郎・比較文学者）

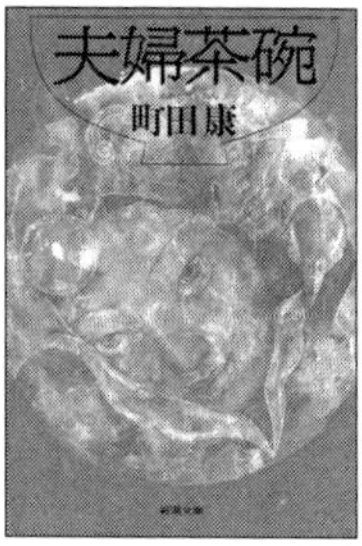

1998年刊
現在は新潮文庫

まちだ・こう　1962年、大阪府生れ。1981年にパンクバンド「INU」の『メシ喰うな！』でレコードデビュー。1996年に初の小説『くっすん大黒』を発表。『きれぎれ』で芥川賞、『告白』で谷崎潤一郎賞を受賞している。

selected literature

17

人間の定義揺らぐ未来

『大きな鳥にさらわれないよう』川上弘美 著

何かが起きてしまったあとの世界だ。何かが終わってしまって、その以前には戻れなくなった世界。そんな世界の端々で起こることが、点景のように描かれていく。

未来の話である。たぶん。人類はいまここにある人類とはずいぶん違っていて、動物由来であったり、工場で作られたり、女ばかりが生まれたり、たくさんの母たちがいたりする。連作風の作品の、一話ごとに語り口の変わる物語はときに淡々と、静かに降り続ける雨のような諦念に浸されている。それなのに、懐かしい。人間であることの定義が揺らぐとき、生き物としての手触りと、ほとんど原初的な希求ばかりが切ないほどに剝《む》き出しになる。湯あみに行くとき薄い着物を透かしてあらわになる肌、おおきな母の唇のぬくもり、そして生殖のためのいとなみ。

感情もまたそうだ。裏切りや憎しみといったものも、素のままに、ふいに示される。人間とは、こうしたものだったと思い知らされる。

　見守り、突然変異体、目が三つある種族、合成代謝をする種族。詩か、あるいは謎のように置かれていったエピソードたちが、幾つもの木の葉を辿《たど》った先で行きつく巨大な幹のように、遙《はる》かな時間を遡る、とてもおおきな流れをかたちづくっていく。後戻りのできない、その出来事。いったい何があったのか、終盤で明かされるそれは思いがけないと同時に、今後訪れるかもしれない未来をも予見させる。そしてたくさんの女たちの系譜に連なる、ひとりの少女。物語は回帰する。彼女の作る箱庭の一角に、わたしたちの住む場所もまたあるのかもしれないと思うとき、殺伐としたこの世界が、ほんの少し、けれど確かに、愛《いと》おしく感じられる

（谷崎由依・作家）

2016年刊
講談社

かわかみ・ひろみ　1958年、東京都生まれ。1994年に『神様』でパスカル短篇文学新人賞を受賞し、デビュー。『蛇を踏む』で芥川賞、『センセイの鞄』で谷崎潤一郎賞、『水声』で読売文学賞を受賞。句集に『機嫌のいい犬』がある。

帰郷で重なる記憶と歴史

『模範郷』リービ英雄 著

思えば不思議なことだ。

リービ英雄は英語を母語とするアメリカ人で、中国語は日常会話レベル。私は中国語を母語とする台湾人で、英語はボロボロ。そんな彼が書いた小説を、私が読んでいる。私達《たち》の共通言語、日本語で。

『模範郷』は、帰郷の物語だ。帰郷時の感情を、中国語の「近郷情怯《ジンシャンチンチュエ》」という成語ほど的確に捉えている表現はないと思う。旅人が故郷に近づくほど、気持ちが怯《おび》えてしまうのは何故だろうか。自分のいない間に何もかも変わってしまったのではないかという不安、自分の知っている故郷はもうそこにはないのではないかという恐怖。帰郷しない限り、故郷は記憶で生き続けるが、一旦その不在を目の当たりにすると、記憶の中ですらそれは失われる。

それにしても、五十年ぶりの帰郷とは――三十年にも満たない私の人生と比べれば、あまりにも壮大な話だ。著者は一九五〇年代後半、六歳から十歳の間、大日本帝国が台湾で残した日本人村「模範郷」に住んでいたが、両親の離婚でその地を離れた。二〇一三年、知人の手紙を機に、彼は半世紀ぶりの帰郷を決意する。

「阿片《あへん》戦争から始まった、億単位の人を巻き込んだ、百年の殺戮《さつりく》の、その歴史の末の時間の中で、たかが父の姦通《かんつう》、たかが親の離婚、ぼくの家族の小さな物語があった」――著者の極めて個人的な感情と記憶は、歴史の大河に対峙《たいじ》した瞬間、深みが生まれ、仄《ほの》かに煌《きら》めき出す。それを読むと自《おの》ずと、圧倒的な時空間に対する畏敬の念が生じる。

昨今、歴史に向き合おうとせず早々に忘れ去りたいと願う人が多い中、歴史がもたらした巨大な断裂の余波、その渦中に私達は今でもいるということを、本書の読者なら心得るに違いない。

（李琴峰《り・ことみ》・作家）

2016年刊
現在は集英社文庫

✎リービ・ひでお　1950年、米・カリフォルニア生まれ。少年時代を台湾、香港で過ごす。『万葉集』の英訳で全米図書賞。89年から日本に定住し、小説『星条旗の聞こえない部屋』で野間文芸新人賞、『模範郷』で読売文学賞を受賞している。

selected literature

19

小さな町　ひろがる人生の綾

『雪沼とその周辺』堀江敏幸 著

巧みな語りが伝える、人物たちの息づかい。『雪沼とその周辺』の七つの短編は、いずれも芸術の域に達している。描かれるのは元プロボウラー、料理家、段ボール製造業者、書道家、レコード販売、食堂店主、消火器販売……。決して達人や天才ではないが、特有のこだわりと誠実さをもって「腕前」を磨こうとした人々だ。そんな彼らの姿が、失われゆく昭和の文化とも重なる。

舞台となる雪沼は地方の町。谷間に流れこむ川の一帯を衰頽《すいたい》の影が覆い、変わりゆく先も見通せない。そんな中、「分解して組み立てられるくらいの、単純だが融通のきく構造が、機械にも、社会にも、人間関係にも欲しい」との願いが聞こえる。

町の人々を生かすのは、言葉や記憶からふくらむ想像の力だ。「スタンス・ドット」では、元プロボウラーのピンを倒す音から神話的な響きが鳴る。「イラクサの庭」では、料理家の死に際の一言から、遠いフランスの物語が花咲く。すべてが何となくかしいでいる、との感覚にとりつかれる「河岸段丘」では、雪沼の来し方を見渡す。

「生き物の骨と皮」を含むという墨。だから「生きた文字は、その死んだものから、エネルギーをちょうだいしてる」（「送り火」）との死生観は、本作のスタイルの土台でもある。力むことなく、エゴを脱ぎ捨て、聞き耳をたて、右へ左へと話を展開。ときに脇役の人物が思わぬ味を出し、誰が主人公かわからなくなる。ごく小さな町のごく狭い出来事から、視界いっぱいに人生の綾《あや》がひろがり、これが世界か、これが人間か、と大空を見上げるような感慨にひたってしまう。等身大の静かなリアリティをたたえた雪沼。そこをおとぎ話のような、時を超えたメルヘンの香りが包むのである。

（阿部公彦・英文学者）

2003年刊
現在は新潮文庫

ほりえ・としゆき　1964年、岐阜県生まれ。1999年『おぱらばん』で三島由紀夫賞を受賞。『熊の敷石』で芥川賞、『河岸忘日抄』で読売文学賞、『その姿の消し方』で野間文芸賞を受賞している。早稲田大の教壇にも立っている。

selected literature 20

「散文」獲得へ文学者奮闘

『日本文学盛衰史』高橋源一郎 著

いま一般に使われている日本語の書き言葉の姿は明治期、才と勇気ある文学者たちが試行錯誤の末、勝ち取ったものといえる。高橋源一郎の小説『日本文学盛衰史』は「近代日本文学」の黎明《れいめい》期を追いかけ、それによってこの作品自体が文学史に位置を占める傑作。全体がパロディー仕立てで書かれている。一見文学史に沿った文脈に突然、現代の風俗が挟まれる。夏目漱石が森鷗外に「たまごっち」をねだったりするのだ。

初出の「群像」連載は二〇世紀の終わり、単行本の刊行は二十一世紀の幕が開けた年。いま読むと「ルーズソックス」「ちょべりば！」などの言葉が古めかしい。だが、それは当時新鮮だったことの裏返しだ。時代の変化など、著者は最初から織り込み済みなのだ。

小説が「近代芸術として離陸することに成功」したのは、二葉亭四迷が「言文一致」による「散文」を作り出したから。しかし小説『浮雲』を書き翻訳にも挑んだ四迷は、自分の仕事に懐疑的になり筆を折る。国木田独歩は「二葉亭を通して手に入れた」散文を使って『武蔵野』を書く。その中でひらめきを得て「人と都市に入ってゆく」。詩集『若菜集』で一世を風靡《ふうび》した島崎藤村は、やがて詩と別れ、小説を書き始める。北村透谷は理想を追い求め、絶望して命を絶つ。

石川啄木が「伝言ダイヤル」にはまったり、自然主義に基づき「露骨なる描写」を展開した小説『蒲団《ふとん》』で知られる田山花袋がアダルトビデオの監督になったりと、文学者たちは容赦なく現代へ投げ込まれる。

小説が批評となる場を、実現する作品だ。硬軟自在。過去の人々は確かに言葉の中に生きているのだ。「文学史」の隙間を埋める想像の激しさが「近代日本文学」の来歴を照らし出す。

（蜂飼耳・詩人）

2018年刊
現在は講談社文庫

たかはし・げんいちろう　1951年、広島県生まれ。1981年、先鋭的な作風の『さようなら、ギャングたち』でデビュー。『優雅で感傷的な日本野球』で三島由紀夫賞、『さよならクリストファー・ロビン』で谷崎潤一郎賞。明治学院大名誉教授。

selected literature 21

「非日常」生きる多様な人物

『アタラクシア』金原ひとみ 著

「諸外国の若者と比べ、自分の将来に明るい希望を持つことができていない」。日本の若者の意識調査でそんな結果が出ているが、本作の主要登場人物である二十代から三十代の男女も、それなりの生活を保持しているにもかかわらず、希望に満ちているとは言い難い。芥川賞を受賞したデビュー作『蛇にピアス』以来、現代の若者の葛藤に目を向けてきた著者。最新作の『アタラクシア』（「心が平静である状態」の意）でも多様な人物の内面に切り込む。

モデルの道を諦め「ただ自分の感情にのみ従って生きている」ライター。夫の不倫や子育てに悩むパティシエ。盗作疑惑以来スランプから抜け出せない小説家。「キングオブ軽薄」である元彼を忘れるために「パパ活」に励む大学生など。希望を見出しにくい世の中を生きる六人の語りが入れ替わりながら物語は進む。

愛されたい、認められたいという彼らの承認要求はなかなか満たされない。仕事でのトラブルが家庭環境に支障をきたし、家庭での問題が仕事に悪影響を及ぼす。過去のトラウマや日常の苦しみから一瞬でも解放されたい思いで、彼らは「非日常」を創造し、心の平静を保とうとする。その手段は、浮気、飲酒、ストーカー行為、五十人に満たないフォロワーに向けたツイートなどさまざまだが、長期的な解決策にはなり得ない。

本作の主人公たちは、必ずしも共感しやすい人物ではない。が、視点となる人物が変わる度に、各々《おのおの》の新たな側面が露《あら》わになり、読者は物語により深く引き込まれていく。「何が正しくて、何が間違っているのか、もう何も分からなかった」というのは作中の女性編集者の言葉だが、本作は我々に登場人物を突き放すことも、簡単な結論にいたることも許さない。

（辛島デイヴィッド・作家、翻訳家）

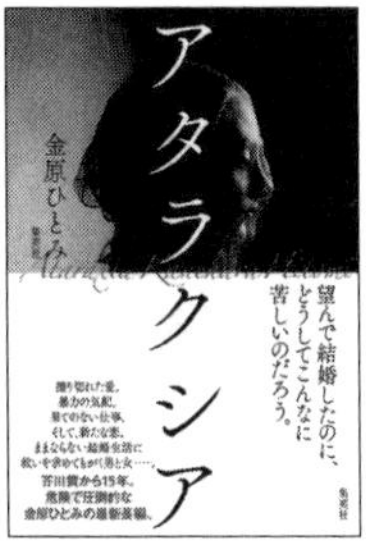

2019年刊
集英社

かねはら・ひとみ　1983年、東京都生まれ。2003年に『蛇にピアス』ですばる文学賞を受賞、翌年、同作で芥川賞。『マザーズ』でドゥマゴ文学賞。東日本大震災後、パリで暮らした。エッセー集に『パリの砂漠、東京の蜃気楼』。

selected literature

22

絶えざる更新の感覚

『地鳴き、小鳥みたいな』保坂和志 著

作家が好んで読む作家。保坂和志にはそんな形容がついて回る。何の変哲もなさそうな設定でも、この作家の手にかかると何だか奇妙な世界が生まれ出す。小説というジャンルの一番奥にある、薄暗い秘密に手を触れるような文章なのだ。

四つの短篇をおさめた本書では、身辺雑記風のタッチで老作家の訃報《ふほう》、山梨の大雪、自身の骨折、猫の病気、カルチャーセンターでの勤務経験といった話題が取り上げられる。つい、そこに「事実」を読みたくなる。語り手の「私」も作家自身と重なる。

しかし、ここにはエッセイや記事とは違う、特有の空気がある。事実を映すと思えた文章はするすると崩れ、私たちが読んだのが「事実」ではなく、あくまで「文章」だったとわかる。微妙に気持ち悪いけれど、だからこそ刺激的なのだ。

話は脱線しがちだ。思いがけないところで唐突な笑い。かと思うと、語り手が滔々《とうとう》と熱

弁をふるう。日本語が微妙に変で戸惑うこともある。「私は……」という表現が幾度も出てきて、通常の日本語の作法とはちがうようだ。まるで、そのたびに新しい「私」が出てきて、新しい視点が導き込まれるかのよう。

　エッセイ集『試行錯誤に漂う』で保坂は、小説的体験とは「書かれつつある時間の中に身を任せること」だと説明する。絶えざる更新の感覚の中で、どうということのないドライブの風景も朦朧《もうろう》とした神話のように見えてくる。この試みの背後には自己陶酔やノスタルジアへの抵抗がある。「私」への執着から自由になりたい。どこか緩いおかしみも、自己愛を抑える禁欲とセットになっている。

　保坂が心酔したのは小島信夫。静かな風情なのに、読めば読むほど目が回るのは二人に共通する作品世界だ。

（阿部公彦・英文学者）

2016年刊
講談社

ほさか・かずし　1956年、山梨県生まれ。神奈川県鎌倉市で育つ。1990年『プレーンソング』でデビュー。『草の上の朝食』で野間文芸新人賞、1995年『この人の閾』で芥川賞、『未明の闘争』で野間文芸賞を受賞している。

selected literature 23

読者の権力　明るみに出す

『朝のガスパール』筒井康隆 著

本作はまだインターネットが普及する前の、一九九一年秋から半年間にわたって連載された新聞小説だ。しかし並行してパソコン通信でチャットルームを開設、投書もあわせて読者の意見を募って、リアルタイムで物語に反映しようとした実験小説でもある。

内容は混み入っている。貴野原征三は一流企業の重役だが、業務そっちのけで精妙なオンラインゲームに興じている。妻の聡子は投資に夢中で、やはりパソコンにはりついている。そこにゲームの世界、そしてその物語を新聞連載している作家櫟沢《くぬぎざわ》がいる世界も描かれる。後半になるにつれて世界の壁が壊れ、小説はますます混沌《こんとん》としていく。

本作は、匿名掲示板の書きこみを元にした二〇〇四年の『電車男』のような作品を先取りしているが、逆に言えば、ネット関係のしかけはやや古びているともとれる。では、本書をいま読む意義とは何か。

うわべの実験性に隠れて、著者の真の狙いはおそらく、読者に光をあてることにあったのだろう。読者は安全地帯から作者を罵倒し、作品を腐す。媒体は忖度《そんたく》し、内容や表現に干渉する。櫟沢は読者の声に押され、登場人物を事故で殺してしまう。恐るべき読者の権力を明るみに出すには全国紙の紙面が必要だったのだ。

筒井自身、のちに表現が差別的だという抗議をうけて断筆しているが、読み手の権力はネット社会の発達とともに異常に強まった。自分たちの気に食わない事象があれば集団でたたいて炎上させ、圧力を加える。彼らが恐れるのは、匿名性を剥奪《はくだつ》され、さらされることだ。だからこそ櫟沢＝筒井は執拗《しつよう》に彼らに言及することでその存在を小説の中に引きずりこもうとする。本作の今なお色あせない前衛性はその点にこそある。

（秋草俊一郎・比較文学者）

1992年刊
朝日新聞社。
現在は出版芸術社

つつい・やすたか　１９３４年、大阪府生まれ。１９６０年、ＳＦ同人誌「ＮＵＬＬ」を創刊、江戸川乱歩に認められる。１９８１年に『虚人たち』で泉鏡花文学賞を受賞。『時をかける少女』『文学部唯野教授』など数多くの作品を発表している。

selected literature

24

かすめ取られ　すり返す貧者

『掏摸《スリ》』中村文則 著

本作は計八回授賞が行われた大江健三郎賞、その第四回目の受賞作である。数ある文学賞の中でも極めて個性的な賞だった。存命のノーベル賞作家が一人で選考し、受賞作には「海外への翻訳」という特典が付与される。なまじ国内市場規模が大きいだけに、各産業で「ガラパゴス化」と揶揄《やゆ》される状況に陥ることが多い。「都市生活者の中の新たな貧者」を描いた本作が、極めて限定された時期に存在した賞に見出され、海外へと翻訳され広く読まれたことは、二十一世紀の日本文学にとって大きな契機だった。

諸説あるものの、世界最古の職業は「売春」であるというのは有名な話だ。「掏摸」が二番目に古い職業だと語る本作の語り手、その彼自身が「掏摸」である。もちろん犯罪ではあるのだし、褒められたものではない。けれど、古くから続く職業なのだ、人間社会が成り立てば、その人波を縫う「掏摸」が必ず発生してきたということだろう。石川五右衛門の例を顧みるまでもなく、富裕者を対象にした盗人に義賊を期待するのはなぜだろう？

もしかしたら大衆もまた、自分たちが生活をする中で体制から何かをかすめ取られているという実感があるからかもしれない。日々の生活に忙しく、不安に塗《まみ》れ、それでも生活を営む中で、かすめ取られていく何か。社会の影の部分を押し付けられる貧者は、その何かを掏摸返す者にふさわしい。

格差が生まれ、貧者は最古の職業に就く。野生動物が戦う術《すべ》をなくすと死んでいくように、鋭さや美しさ、若さを失った彼らはただ干からびていくのが運命なのか？　運命そのものを名乗る男は「掏摸」にさらなる試練を与える。それは太古でも現代でも変わらない「世界」という名の閉塞《へいそく》だ。その閉じた暗がりで、語り手の目が昏《くら》く光っている。

（上田岳弘・作家）

2009年刊
現在は河出文庫

なかむら・ふみのり　１９７７年、愛知県生まれ。２００２年『銃』で新潮新人賞を受賞し、デビュー。『土の中の子供』で芥川賞。大江健三郎賞を受けた『掏摸《スリ》』が英訳され、米国のデイヴィッド・グーディス賞に輝く。ほかの著書に『R帝国』。

男女の視点 書き分けに魅了

『夜は短し歩けよ乙女』森見登美彦 著

平安時代に紀貫之によって書かれた、日本最古の日記文学といわれる『土佐日記』は、女性が書いた日記という態で記されている。また、昭和を代表する作家・太宰治の小説には短篇「女生徒」、長編『斜陽』など〈女語り〉と呼ばれる、女性の一人称で書かれた一連の作品群があり異彩を放つ。森見登美彦の小説『夜は短し歩けよ乙女』も、これらの系譜に置いてみたい。

本書は「先輩」という男性と、彼が密《ひそ》かに想《おも》いを寄せる「黒髪の乙女」という女性、二人それぞれの視点が入れ替わりながら、それぞれの一人称の語りで物語が展開していく。論理的で理屈っぽい「先輩」に対して（「諸君、異論があるか。あればことごとく却下だ」）、純真無《む》垢《く》な「黒髪の乙女」は、どこか浮世離れしているが、その瑞々《みずみず》しい感性がとらえた世界は、ときにはっとするほど詩的に描写される（「つい先ほどまであたりに満ちていた蒸し暑さがすうっと薄らいでゆき、なんだか懐かしいような甘ったるい雨の匂いがたちこめてきました」）。

全四章はそれぞれ春・夏・秋・冬の京都を舞台に、夜の繁華街、神社の古本市、大学の学園祭、風邪が大流行する街中……と、モチーフを変奏させながら、味わい深い数多《あまた》の珍人物たちを巻き込みながら、目眩《めくる》めく展開する。縮まりそうでなかなか縮まらない二人の距離にヤキモキしながら、私たちは物語に没頭しながら、同時に、著者が男／女の語り口を書き分ける、その筆さばきにも魅了されている。この芸は、落語家が二人の人物を、都度角度を変え、声音を変えて語り分ける、あの芸にも似ている。

あるいは歌舞伎の女形か宝塚の男役に例えたくなる、著者の〈女語り〉は至芸というべきで、私たちは「黒髪の乙女」に魅惑されずにはいられない。

（カニエ・ナハ　詩人）

2006年刊
現在は角川文庫

もりみ・とみひこ　１９７９年、奈良県生まれ。２００３年、『太陽の塔』で日本ファンタジーノベル大賞を受賞し、デビュー。『夜は短し歩けよ乙女』で山本周五郎賞、『ペンギン・ハイウェイ』で日本ＳＦ大賞を受賞している。

selected literature 26

悲惨なのに愛くるしい

『羅針盤は壊れても』西村賢太 著

学歴は中卒で、仕事も長続きしない。怒りっぽくて酒癖が悪く、金には汚い。陰気で卑屈、悪食で肥満で怠け者。性欲だけは旺盛だが、女を見下しすぐ手を上げる。西村賢太の私小説の主人公「北町貫多」は、ありとあらゆる「負」を背負った人物だ。

しかし、彼には意外な一面がある。藤澤清造や田中英光といった、今や忘れられかけた明治、大正生まれの私小説作家のマニアックな信奉者なのだ。彼らの著作の再刊行を試みるにとどまらず、清造に至っては墓までつくって供養する。そんな貫多を描く作家には、時空を超えて清造や英光の魂が乗りうつる。古いようで新しい。悲惨なのに笑いを誘う。暴力的で不潔で見苦しいのに、愛くるしくて奥深い。実に珍しい小説世界がそこには生まれる。

もはや文学の権威は失われた。貫多が憧れる破滅型の作家など、過去の遺物だ。でも、

post card

恐れ入りますが、切手をお貼りください

810-0041

福岡市中央区大名2-8-18
天神パークビル501

書肆侃侃房 行

□ご意見・ご感想などございましたらお願いします。

※書肆侃侃房のホームページやチラシ、帯などでご紹介させていただくことがあります。
不可の場合は、こちらにチェックをお願いします。→□　※実名は使用しません。

書肆侃侃房　http://www.kankanbou.com　info@kankanbou.com

■愛読者カード

このはがきを当社への通信あるいは当社発刊本のご注文にご利用ください。

□ご購入いただいた本のタイトルは？

□お買い上げ書店またはネット書店

□本書をどこでお知りになりましたか？

01書店で見て　02ネット書店で見て　03書肆侃侃房のホームページで
04著者のすすめ　05知人のすすめ　06新聞を見て（　　　　新聞）
07テレビを見て（　　　　）　08ラジオを聞いて（　　　　）
09雑誌を見て（　　　　）　10その他（　　　　）

フリガナ
お名前

男・女

ご住所　〒

TEL（　　）　FAX（　　）

ご職業　年齢　歳

□注文申込書

このはがきでご注文いただいた方は、**送料をサービス**させていただきます。

※本の代金のお支払いは、郵便振替用紙を同封しますので、本の到着後１週間以内にお振込みください。
銀行振込みも可能です。

本のタイトル	冊
本のタイトル	冊
本のタイトル	冊

合計冊数　冊

ありがとうございました。ご記入いただいた情報は、ご注文本の発送に限り利用させていただきます。

そんな異世界のトンネルをくぐりぬけて今を生きるこの主人公が、現代日本のど真ん中に風穴をあける。その神々しいほどのしぶとさには、奇跡的な救いの可能性が見える。

『羅針盤は壊れても』は、装幀《そうてい》を含め著者の懐古趣味がたっぷり生かされた愛蔵版だ。新作と刊行済の作品に掌篇の付録がつく。いわゆる「秋恵物」では、貫多のわがままや暴力を浴びつつ、その憎めないかわいらしさを引き出す秋恵がたっぷり描き出される。

表題作はバイト先での失敗や人間関係のもつれを扱う「アルバイト物」。どれもお馴染《なじ》みの西村ワールドだ。その文章には病みつきになりそうな中毒性がある。

文学オタクを描きながら、文学というジャンルには甘えず絶妙な距離をとるのが西村賢太。薄味の既存の文学がもの足りなくなった人にこそ勧めたい作品だ。

（阿部公彦・英文学者）

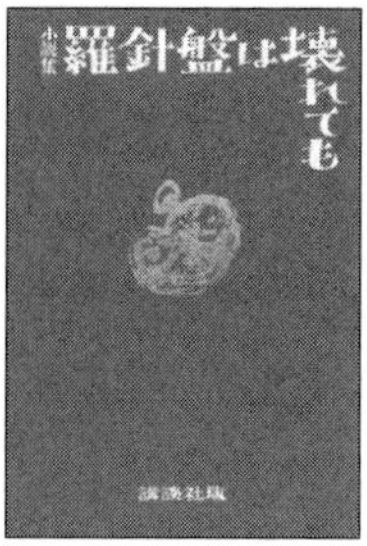

2018年刊
講談社

にしむら・けんた　1967年、東京都生まれ。中学卒業後、肉体労働などをしながら同人誌に小説を執筆。2007年、『暗渠の宿』で野間文芸新人賞、『苦役列車』で芥川賞を受賞した。私小説作家、藤澤清造の「没後弟子」を自称する。

selected literature

27

クマ目線で綴る自伝

『雪の練習生』多和田葉子 著

ホッキョクグマ三代の物語だ。サーカスの花形だった「わたし」は、ロシアのサーカスでの生活や、芸を身につけた過程などを自伝として書こうと思い立つ。多和田葉子『雪の練習生』は、ホッキョクグマ目線で綴《つづ》られた小説だ。

自伝は文芸誌に載り、翻訳もされる。「わたし」の暮らしは変わる。「ものを書くのは狩に出るのと同じくらい疲れる。獲物のにおいがしても捕まえられるとは限らない」。たとえばこのように、ホッキョクグマに託した感覚が、ユーモアを感じさせる言葉を得て、随所に出現する。

ドイツに住む著者は、異文化に身を置く際に生じる違和感や言語の違いに基づく発見を鋭く描いてきたが、本作は、動物の目と立場で違和感を捉える。

やがて「わたし」はカナダに移住。双生児を産む。生き残った女の子のほうの名前はトスカ。ドイツ統一直前にベルリンへ移住したトスカはサーカスで働く。舞台に出るようになり、人間のウルズラと組んで公演を成功させる。ベルリン動物園に売られることになるが「時代の変化にへこたれず」、遠く離れても互いにメールしようとウルズラと約束する。トスカは動物園でラルスと恋仲になり、クヌートを産む。

ベルリン動物園の人気者となるクヌート。じつはトスカの育児放棄により、人間のマティアスに育てられる。「北極へ行ったことがないからって馬鹿にする人がいるけれど、マレーグマだってマレーシアに行ったことがない」。「わたしの毛皮が白いというそれだけの理由で北極生まれにされてしまう」。動物たちの状況が、人間の問題を映し出すのだ。かつてベルリン動物園に実在したクヌートから生まれたこの小説は、発見と挑戦を伝える。

（蜂飼耳・詩人）

2011年刊
現在は新潮文庫

たわだ・ようこ　1960年、東京都生まれ。1982年からドイツで暮らし、日独両言語で作品を執筆。『かかとを失くして』で群像新人文学賞、『犬婿入り』で芥川賞、『雲をつかむ話』で読売文学賞。『献灯使』で全米図書賞翻訳文学部門を受賞。

selected literature
28

女性の心　音楽的文体で

『愛の夢とか』川上未映子 著

昨年（２０１８年）公表された男女格差を測る指数の経済分野で日本は一四九か国中一一七位という停滞ぶり。著者初の短編集で描かれる女性たちも、社会に居場所を見つけられず、同居人がいる者でさえ家で孤立しがちだ。

「アイスクリーム熱」の「わたし」はアルバイト先を解雇されると「何もできないままこんな大人になってしまったことを思いしらされ」、「日曜日はどこへ」の「わたし」は離婚後に事務職につくが「そこも長くは続かな」い。専業主婦である「お花畑自身」の「わたし」においては、手に職をつけた年下の女性に「ペットと何が違うの」と揶揄《やゆ》されてしまう。

本作に収録された短編には震災の余波のなかで書かれたものもある。震災は直接的には描かれないが、登場人物の日常に確実に影を落としている。

心の傷を抱え、ひとり不安と無力感に苛《さいな》まれる「わたし」たちは、それでも人と繋《つな》がろうと小さな一歩を踏み出す。常連客に声をかけ、隣人の誘いを受け、昔の恋人との約束を果たすべく思い出の場所へ向かう。

だが「わたし」たちは他者との距離の取り方に戸惑う。お互いの本名を知らないまま時間を共有し、逆に「ガラスがなければ鼻が触れてしまうくらいの距離」へと踏み込んでしまう。そして「アイスクリームを食べる」「曲を弾く／聴く」などの儀式が幕を閉じると、関係も消滅し「わたし」たちは再び孤立する。

川上未映子作品の魅力のひとつは、その音楽的な文体。多様な語り口が用いられる本作でもその独特なリズムは読者の心を揺さぶる。２０２０年、著者の最新長編が十数か国で刊行されるが、その独特な文体が活《い》かされる形で翻訳がなされ、世界の書き手たちに刺激を与えることを期待したい。

（辛島デイヴィッド・翻訳家、作家）

2013年刊
現在は講談社文庫

かわかみ・みえこ　１９７６年、大阪府生まれ。２００８年『乳と卵』で芥川賞。詩集『先端で、さすわ さされるわ そらええわ』で中原中也賞、『愛の夢とか』で谷崎潤一郎賞。『夏物語』が米誌「ＴＩＭＥ」の２０２０年の必読書１００に入る。

selected literature

29

源氏物語を語りなおす

『女たち三百人の裏切りの書』古川日出男 著

物語は平安時代末期。三位中将《さんみのちゅうじょう》藤原建明《たてあきら》の愛人「紫苑《しおん》の君《きみ》」に憑《つ》いた物《もの》の怪《け》が、病人にかわって霊を乗り移らせる憑坐《よりまし》である少女「うすき」によって声をもって語りだす。物の怪は紫式部と名乗り、現在流布している『源氏物語』の「宇治十帖《じゅうじょう》」は改竄《かいざん》されたものだとして、それを語りなおそうとする。

本作は著者が得意とする「リミックス」、古典の一種のアダプテーションという性格を持つが、一筋縄では終わらず、『源氏物語』の人物にくわえて、語られる現在では東北の「蝦夷《えみし》たち」を操る商人「犬百《いぬひゃく》」、瀬戸内海の「海賊《うみぬすびと》たち」を率いる神「由見丸《ゆみまる》」が登場して跳梁跋《ちょうりょうばっ》扈《こ》する。物語の後半、語り手は三人の女に分裂し、それぞれの「宇治十帖」を全国に広めようとする。建明や由見丸だけでなく、台頭した源氏のような武士集団もおのれのための「宇治十帖」を手に入れ、権威づけに利用しようとする。つまりこれは、『源氏物語』という「国民文学」をいかに手中におさめるかをめぐっての、女たち、男たちの戦いの物語である。『源氏物語』が書かれてから百年ほどが経《た》った代《よ》、権力闘争がくりかえされていた日本において、それは秩序を書きかえ、国家のあるべき姿をおのが意のままに作り直そうとする行為だった。おりしも貴族の世から、武士の世へと移り変わりつつあった時代。恋の駆け引きと婚姻をもちいた政治から、武力と武力がぶつかりあう闘争の時代へと――やはり著者の古川が本作の執筆後に新訳した『平家物語』の軍記物語の世界につながっていく。

くりかえしの多い、大仰かつ外連味《けれんみ》たっぷりの語り口や古語が多用される文体は好き嫌いがわかれるだろうが、ゲームのノベライズや音楽、演劇など様々なサブカルチャーにも携わってきた著者らしく、平成に一時代を築いたライトノベルと共通する手法だと言える。怪異譚《かいいたん》、伝奇物語、ファンタジー、ＳＦなどの要素が混然一体となったハイブリッドな怪作だ。

（秋草俊一郎・比較文学者）

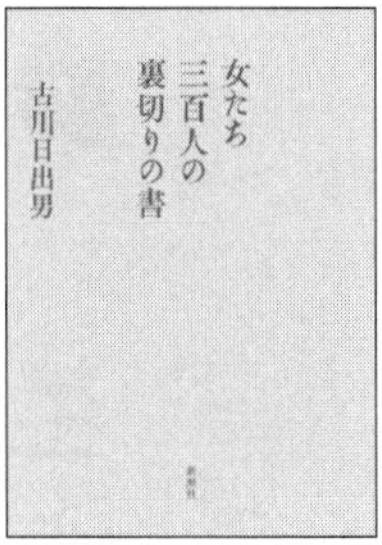

2015年刊
新潮社

ふるかわ・ひでお　１９６６年、福島県生まれ。１９９８年の『13』で小説家デビュー。『アラビアの夜の種族』で日本ＳＦ大賞、『女たち三百人の裏切りの書』で読売文学賞。東日本大震災後、『朗読劇 銀河鉄道の夜』にも力を注ぐ。

selected literature 30

生と性　青春の輝き

『学問』山田詠美 著

自らの少年少女時代を思い返し、あの子と仲良くしたかった、こんな十代が送れていたならと、つい夢想にふけった経験は誰しもあるだろう。世の青春小説を読む理由は、自分では叶《かな》わなかったテイク二の青春を、追体験するためかもしれない。

『学問』には、静岡県の架空の町・美流間《みるま》での、男女入り混じる子供たちの日常が描かれる。東京から越してきた七歳の仁美は、家の裏山で心太という同級生に出あった時から、一生ついて行く、と決意する。「フトミ」と彼にあだ名されても、それは嫌がらせではなく信愛の情によるものと直感したからだ。

誰からも慕われる心太、眠ることに貪欲な千穂、病院の跡取り息子で食いしん坊の無量。無量と結婚したくてたまらない素子も含めた、人間の欲求に忠実な彼らとの無垢《むく》な日々は、「世界で一番大きな極彩色の絵本の中」のようだと、仁美には感じられるほどだ。

「おれには、我儘《わがまま》、どんだけ言ってもいいだよ。フトミの我儘聞くと、いつも笑けて来るだに」

ぬくぬくとした心太との関係の一方、仁美もやがて性の目覚めを迎える。「足の間の秘密の儀式」を通し、自分の欲望のありようを学びとるのだ。学ぶことの愉悦と怖ろしさという、著者が得意なテーマは、本作でも光る。世界の複雑さを知ることになる学びとは、純粋性の喪失でもある。心太の涙、つまりは男の弱さを知った十七歳までで、物語はいったん終わる。

生があれば死もある。章ごとに短い死亡記事がおかれ、仁美たちの五人の、年齢も理由も異なる死の瞬間が示される。生と性の輝きに満ちた時間の、後日談。この巧みな構成により、大人になった読者は、死の側から青春の一ページを眺めるだろう。そのきらめきは、いっそう身にしみいる。

（江南亜美子・書評家）

2009年刊
現在は新潮文庫

やまだ・えいみ　1959年、東京都生まれ。1985年『ベッドタイムアイズ』で文藝賞を受賞し、デビュー。『ソウル・ミュージック・ラバーズ・オンリー』で直木賞、『トラッシュ』で女流文学賞、『A2Z』で読売文学賞を受賞している。

鼎談

松永美穂×沼野充義×蜂飼耳

本で旅する翻訳小説

海外の小説に手を伸ばせば、読書生活はもっと豊かになる。今回は連載「現代×文芸　名著60」の特別企画第二弾、小説が大好きな三人による鼎談《ていだん》「翻訳小説の楽しみ」をお送りします。外国文学に精通した沼野充義さん、松永美穂さん、蜂飼耳さんが語る「読書で味わう海外旅行」をお楽しみください。

児童文学から出発

松永　初めて読んだ翻訳小説といえばバーネット『小公女』。川端康成訳だったんですよ。

蜂飼　私もモンゴメリ『赤毛のアン』を読んでいました。

沼野　井伏鱒二訳のロフティング『ドリトル先生』シリーズもありますね。日本の本好きにとって世界文学への道は児童文学から始まるのかもしれない。

松永　村上春樹さん、多和田葉子さん、ノーベル文学賞をお取りになった大江健三郎さん……日本を代表する作家ですが、いずれも外

国や言語超えて共感……………沼野充義

国語に精通し、外国文学に大きな影響を受けている。

蜂飼　日本の近代文学は、二葉亭四迷がツルゲーネフの翻訳で試みた「言文一致」から始まる。現代に至る散文小説は翻訳から生まれたと言ってもいいでしょう。

沼野　渡辺一夫訳のラブレーなど、優れた翻訳は日本文学の宝物です。原文で読まなければ本当の良さはわからない、という意見もあるけれど……。

松永　複数言語を読みこなせる人は専門家でも少ない。翻訳はありがたいものですよ。

沼野　ホメロスから唐詩まで、世界文学の多様性を知ることができるのは翻訳のおかげです。「世界文学とは翻訳でより価値を増す文学のこと」という言葉もある。

蜂飼　詩は韻律があるから難しいけれど、どのような主題や感情が込められているかを示すことはできます。それによって読み手が想像力を働かせる余地も生まれます。

世界の営みに感動

松永　日本翻訳大賞の選考委員をしているんですが、最近の受賞作は本当にレベルが高い。ボレスワフ・プルス『人形』（関口時正訳、未知谷）とかウィリアム・ギャディス『JR』（木原善彦訳、国書刊行会）とか。大部の労作に挑戦する訳者と出版社の存在に励まされますし、熱心な読者もたくさんいる。

沼野　マイナー言語からの翻訳も増えていますよ。最近出たラトビアの女性作家イクステナの『ソビエト・ミルク』（黒沢歩訳、新評論）は、母娘の普遍的な葛藤を描いて、「国や言語がこんなに違うのにこんなに共感できる」という驚きをもたらしてくれます。日本の小説を読むだけでは「生物の多様性」が失われる気がする。言葉の壁を超える時に出るエネルギーが、日本の文学を強くするんです。

蜂飼　想像したこともない遠い場所、思いがけない世界で起こる人間の営みを目の当たりにした時の感動があります。ポーランド生まれの米国のユダヤ系作家でノーベル文学賞を受賞したシンガーの『メシュガー』（大崎ふみ子訳、吉夏社）は、ナチスによる大虐殺を体験をした人間の精神の振れ幅、激しさが最大限描かれている。こういう日本にないタイプの作品を読めることは大きな喜びですね。

松永　私が最近読んで面白かったのは、オーストリアの人気作家ゼーターラーの『ある一生』（浅井晶子訳、新潮クレスト・ブックス）。名もない貧しい一人の男が誇りを持って人生を生き抜く姿にじわっと共感がわいて、いとおしくなります。

沼野　今年のノーベル文学賞候補にも挙げられていたロシアの女性作家ウリツカヤは、透徹した人間観察によって社会の危うさを告発するようなところがある。でも、連作短編集『それぞれの少女時代』（沼野恭子訳、群像社ライブラリー）のような作品は、そういう政治性から離れ、年頃の少女のかわいらしさ、嫌らしさが生き生きと描写されています。

松永　近年、韓国小説の翻訳が続々出ています。パク・ミンギュ『カステラ』（ヒョン・ジェフン、斎藤真理子訳、クレイン）やキム・ヨンハ『殺人者の記憶法』（吉川凪訳、クオン）……。日韓関係が冷え込む中で文学を通じた交流が盛り上がっているのは心強い。翻訳は相互理解にすごく役立つと思います。

沼野　現代中国文学の紹介も盛んですよ。莫《モー》言《イエン》、閻連科、残雪……いずれも現代最高の世界的作家です。一方、世界文学はどんどん流動化、脱中心化、ハイブリッド化していて、今ではどこの国の人と単純に言えない作家も多い。同時に、この名作は必読といった文学の「カノン（正典）」の体系が崩れ、一人ひとりの読者が自分で好きな本を選ぶ時代になってきた。

長編挑戦し習慣に

蜂飼　それでも、古典と呼ばれて読み継がれる作品は――時代と共に変わると思いますが――残るし、読書の選択肢は広がっていくと思います。

松永　現代は慌ただしいから、長い小説を読む力が衰えてきている気がします。読書は習慣なので、若い頃から良い長編に接することで、文学の豊かさを実感してほしいですね。

沼野　優れた翻訳を世に出すためには、優れた翻訳家が欠かせません。次世代の若手を誰がどうやって育てていくか、その手だてを考えなくてはいけませんね。公的な支援の枠組みも必要です。

【キリンメモ】　海外の現代小説に手を伸ばしてみたいけれど、どれを選んで良いか分からない。そんな人には、各出版社から出ている海外文学のシリーズから読み始める方法がある。創刊20年以上の歴史を誇る「新潮クレスト・ブックス」には、この対談でも名前が挙がったロシアの人気作家、リュドミラ・ウリツカヤ『ソーネチカ』をはじめ、選び抜かれた海外の名作が並ぶ。そのほか、海外文学に強い白水社の「エクス・リブリス」シリーズ。文庫では、早川書房の「ハヤカワepi文庫」が有名だ。日本生まれの英国の作家、カズオ・イシグロの作品は、この文庫で読むことができる。

chapter

3

文学と社会

おじキリンのコラム ❸

ヒョウの目で

僕は自由を愛するしがないおじキリンなのですが、キリンは本来、会社ではなく、サバンナで群れを作って暮らす動物のようです。群れを作っていれば、ライオンをはじめ肉食動物が襲ってきても、自分の代わりに誰かが食べられて命を落とす危険性は減るし、子育てや日々の生活でも何かと助け合えることが多い。それに自由と孤独が好きと言っても、やっぱり一人は淋しい。キリンの顔がどこかおっとりしているのも、仲間といる心強さがあるのかもしれません。

それに対して作家は違います。彼らは、僕と似たまだら柄の模様を持つ生きものであっても、サバンナに暮らすヒョウです。普段は、木の上でぼんやりと眠そうな顔をしています。たまに口を開くと、どこの店のあれがおいしいとか、最近何か面白いことがないのかなどと、うわさ話に興じています。こちらが、もともとない知識を振りかざして、少し難しそうな話をしてみようとすると、あからさまに面倒くさそうな顔をされたりします。書いていないときは、大きな木の枝で寝そべってばかりいて、まさしくヒョウのようです。一体この生きものは何なのだろうと思わせる反面、何か普通のものではない雰囲気を漂わせているのです。

時には、僕もワイルドでミステリアスなおじキリンになってみたいのです。襲われない程度に、文学賞のパーティーなどであこがれのヒョウに近づいて、どうすればあの空気感を出せるのか観察してみるのです。でもある日、それは望むべくもないことなのだと気がつきました。ヒョウは一人でいることでヒョウになる。誰とも群れないことで自分が磨かれ、群れないと思われることでますます一人になる。もちろん実際には一冊の本は、作家だけでなく、編集者や校閲、印刷、製本、販売など多くの人が関わってでき上がってゆきます。それでも一語一語、言葉が生まれる瞬間は作家一人だけの作業です。その孤独な時間に耐えたことの積み重ねが、澄んだヒョウの目をきたえるのです。

文学作品とは、社会的なテーマを持たせることを意図していなくても、どのような形であれ現実の社会の動きを投影しており、場合によっては核心をつくことがあるとよく言われます。物語を書いている作家自身が、現実の社会の中で空気を吸って生きているからだなどとも説明されます。ですが、小説がより目に見えない社会の空気の芯をとらえることがあるのは、作家が組織に属さず、筆一本、身一つで生きる単独者であることも大きいのではないでしょうか。

会社のような組織に守られているおじキリンと違って、一人で書く作家は、一人で社会と相対しなくてはなりません。エサが取れなければ腹をすかして寝ているしかないし、何かトラブルがあっても、助けてくれる仲間はいない。会社の広報のような部署が守ってくれるわけではありません。そもそも税金や保険の手続きのようなことまで一人でしないといけない。自らの手を動かして金を稼ぎ、自分の責任で物を書き、発言する。その一人で社会と向き合う緊張感が、目に見えない社会の空気や確かな形にはなっていない人々の気分のようなものを感じ取るセンサーを研ぎ澄ますのではないでしょうか。もちろん、これはキリンやゾウ、トムソンガゼルなど群れを作って組織にいる生きものが楽だと卑下しているわけではありません。一つの組織の中で他人と軋轢を抱えながら調整を取り、協力して行動をする組織人の生き方も誇りを持って良いものです。

ただ、学校や会社など何らかの集団に籍を置いて生きる人が多い現代社会において、単独者として生きるヒョウのような文学者の言葉は、しばしば面白い、ものの見方を与えてくれることが多いことを強調したいのです。

村上春樹と宮部みゆき

現代社会における最大の問題とは、何なのでしょうか。少子高齢化や国の財政悪化、東日本大震災からの復興、米中新冷戦とも言われる国際社会の動向……。新聞を通してニュースなどに日々触れていれば、それらしいキーワードはいくつも挙げられます。ですが、その個々の事象に底流する大きな冷たい塊のようなものを考えるとき、東西冷戦の集結によってライバルがいなくなった資本主義が、金の論理を剝き出しにする状況が蔓延し、それらが個々の心の中に内面化されてしまうような拝金主義的な世界の到来があるように感じます。

「銀《かね》が銀をためる」と言ったのは、江戸時代の大坂を生き、『日本永代蔵』などの作品を残した井原西鶴です。現代社会は、この実体を持たない金が金を生むような状況がより進み、それらが様々な形を取って人間を蝕んでいます。

第二次世界大戦からの復興や高度経済成長を経て、日本は世界で二番目に豊かな国になったと言われた時代がありました。多くの人が中流を実感し、小さな幸せをつかみ取れていたはずの私たちの社会は現在、格差社会などと言われ、立場の異なる人が分断されがちな隘路に入ってしまいました。

村上春樹さんと宮部みゆきさんの小説が、普段比べられることは少ないでしょう。村上さんはノーベル文学賞候補とも目される世界的文学者で、宮部さんは社会派ミステリーから時代小説まで幅広く書くエンターテインメント小説の巨匠です。ですが、この二人の作品に触れると、日本社会が変調してゆく岐路が同じ場所にあったと捉えているように感じることがあります。それは、一九八六年から九十年代初めまでの日本が迎える史上空前のバブル経済の時代です。

二〇〇六年にカフカ賞を受賞し、日本人三人目のノーベル文学賞の期待が高まった村上春樹さんが満を持して出版した〇九年の『１Ｑ８４』は、ブームになり過ぎて街の中小書店に本が入荷されないと社会現象にもなりました。小学校の同級生でその後会えないままになった天吾と青豆の宿命的な愛を描くこの物語を考えるうえで重要な示唆を与える場面の一つは、冒頭にあります。

スポーツクラブのインストラクターでもある青豆の乗るタクシーが首都高で渋滞に巻き込まれます。急ぐ彼女は、「見かけにだまされないように。現実というのは常にひとつきりです」と語る謎めいた運転手の言葉とともに、高速道路の非常階段を下ります。降りて行くと彼女は、「１９８４」の世界から、月の二つあるような「１Ｑ８４」の世界へ移ってしまっているのです。

自給自足を目指すコミューン運動や、カルト教団の問題、ジョージ・オーウェルが「１９８４年」で描いたビッグ・ブラザーのように全体主義的な体制を取る国家の独裁が脅威だった社会から、リトル・ピープルのような小さくてばらばらに悪意を持ったものが影響力を持つ社会への移行——。ＢＯＯＫ３まで続く「１Ｑ８４」は、様々な要素を含んだ総合小説です。一つのテーマで言い表せるようなものではないでしょう。

ただ、一九八四年という現在から見れば「近過去」と呼べるような時代に、私たちは本来進むべきだった道と異なる道に踏み入ってしまったのではないか、という問いかけをこの物語が持っていることには興味をひかれます。振り返れば、『ダンス・ダンス・ダンス』の中で、高度資本主義社会のもと終わらないダンスを踊り続けさせられているような現代人の苦悩を描いた村上さんは、資本主義の歪みについて物語を通して対峙する指向を持ち続けている作家でした。

『１Ｑ８４』の世界で描かれる天吾と青豆は、ともに本来の自分が持っている素直な性質が、何ものかによって身動きが取れない状態にされ、引き裂かれたような、人生の時間が止まった状態に置かれています。

天吾は、同じ予備校で長く、数学の教師を務めながら小説家を目指しています。性の欲望は人妻のガールフレンドが処理をしてくれ、全てが自足しています。ですが、新人賞を獲るほどの作品を書くことはできず、あまりに自足しきった自分の輪から出られないままでいます。青豆もスポーツインストラクターの傍ら、ある者の崇高な目的に従って有能な暗殺者として生きています。「彼女は自分が二つに分裂していることを知る。彼女の半分はとびっきりクールに死者の首筋を押さえ続けている。しかし彼女のあと半分はひどく怯えている」。やはり彼女も、自らが落ち込んでしまった外界から閉ざされた世界の向こうに出られない状態になっています。

この「１Ｑ８４」の世界から抜け出せなくなった二人が、ある不思議な現象を経て自分たちが本来暮らすはずだった世界を取り戻してゆくのが、この物語の大きな流れです。本を読み終えた後、私たちは自分たちが天吾と青豆たちが帰って来た「１９８４年」の世界にいるのか、それとも「１Ｑ８４」の世界にいるのか考えさせられるのです。八四年と言えば、バブルが訪れる前の昭和五十九年です。一ドルはまだ二百五十一円に過ぎませんでした。

一方の宮部みゆきさんの『火車』は、一人の刑事が知人の男性に頼まれて、婚約者だった関根彰子の行方を捜す物語です。当時問題となっていたクレジットカード破産の問題を背景に、彰子の秘密を探る形で謎解きが進められ、一九九二年のベストセラーになりました。この九〇年代の社会派ミステリーブームを牽引した一冊を手に取ると、村上さんと同じく「１９８４年」が一つの大きな鍵を握っていることに気づかされます。これは、彰子が自己破産を申し立てたときの文章です。

　関根氏は、昭和五十八年九月頃《ごろ》にクレジットカードを取得、以来日常的にショッピング、キャッシングなどに利用しておりましたが、計画性を欠いたカード利用と、金利等に関する無知とがあいまって、昭和五十九年夏ごろから徐々に月々の返済金がかさむようになりました。

　主人公の女性が、クレジットカードの返済地獄に陥り始めるのが、一九八四年（昭和五十九年）なのです。本来ならば、上司や同僚に好感を持たれながら働き、多くの人と同じように恋愛も、結婚もできたはずの彰子が、なぜ自ら姿を消すまで追い込まれなければならなかったのかが、物語の中で明かされてゆきます。彰子はボーナスでスキー用具を買う程度のぜいたくしかせず、狭い浴槽しかないユニットバスつきの小さなマンションで質素な生活を送ることができる女性でした。その彼女が、当時急成長していた、具体的な物ではなく、目に見えない、あいまいな消費者の信用を担保とした「消費者信用」の世界にのみ込まれていった現実を著者はえぐり出してゆきます。

　ここには、実体の裏づけのないお金が「信用」という名のもとに一人歩きし、普通の人間を普通に暮らすことができない状態に追い込んでしまう異世界、すなわち「１Ｑ８４」的な世界に、私たちは紛れ込んだのではないかと問う作家の目を感じるのです。

　宮部さんの現代ものの作品には、高級マンションで起きた殺人事件を描いた『理由』や、このパートでも取り上げる『ソロモンの偽証』など、バブルからバブル後にかけての人間の心の歪みと向き合ったものがあります。これは、いかにバブルが人間に備わっていたはずの健やかなものを壊したかを意識している表れではないでしょうか。宮部さんは東京の下町に育ち、現在も暮らしているのに対し、村上さんは阪神間で育ち、現在は同じ東京でも山の手が似合うイメージがあります。ですが、二人が向いている方向は実は似ているのかもしれません。

　バブルで私たちが、本来のあるべき世界とは異なる世界に紛れ込み、大切なものが壊されてしまったと気づいたとき、その次に向かうのは、損なわれた心の回復といった問題ではないでしょうか。村上さんは、臨床心理学者の河合隼雄（一九二八〜二〇〇七年）と交流が深く、丸ごと心に作用するような物語の力といった問題に関心があるようです。また、宮部さんにも、時代ものの形を取りながら、傷つけられた心の回復といったテーマが色濃くにじむ二〇一七年の『この世の春』のような作品があります。一般的には接点がないと思われる二人は、深層に似たような時代や物語に対する感覚を抱えているように見えるのです。

格差社会の出口のなさ

バブルの浮かれた気分を経て、一九九五年の阪神・淡路大震災とオウム真理教の地下鉄サリン事件を経験した日本は、経済的にも精神的にも冷え込んだ時代に突入します。九〇年代の終わりから二〇〇〇年代の初めにかけ、日本社会は就職氷河期とか格差社会と呼ばれるような時代になりました。いわゆる団塊ジュニア世代は社会に出ようとしても、安定した働き口が見つからず、社会に出た男女は、自分たちがどう働き、家庭を営むかモデルのようなものを見つけられず、日本の合計特殊出生率は〇五年に、一・二六まで落ち込みました。

この時代の空気を文学的にすくい取り、ベストセラーとなった小説が、吉田修一さんの『悪人』です。若い土木作業員による女性の殺害事件とその逃走劇を描くこの物語は、二〇〇一年の終わりから二〇〇二年の初めの福岡から佐賀、長崎といった地域を舞台としています。米国の9・11同時多発テロがあり、米国をはじめ世界の緊張感が一気に高まった年でもありますが、この作品には、そのような世界情勢の影が見え隠れすることは全くありません。

それは、短大を卒業後、福岡で保険の外交員として働く佳乃も、彼女を殺害することになる土木作業員の祐一も、自分たちの生まれた場所の近辺の狭い世界でしか生きられないような人物だからです。久留米で生まれた佳乃は、就職して福岡での都会生活にあこがれていました。ですが、保険外交員の暮らしは経済的に厳しく、会社の借り上げのワンルームマンションで暮らす生活です。家賃の六万円は会社から半額補助が出ても、三万円は負担しなければならず、友人と少し遊べばお金はもう残りません。一方の祐一も高校を卒業後、小さな健康食品会社に就職したもののすぐにやめ、カラオケボックスやガソリンスタンド、土木作業員と就職先を変えてきました。

携帯電話の出会い系サイトで知り合った二人が、関係を結ぶのが、博多湾の埋め立て地に立つラブホテルの一室です。

> ラブホテルの内壁は、コンクリートにそのまま壁紙を張ったような、息がつまる部屋だった。三時間4320円で、安っぽいカーペットが敷かれた室内には、パイプ製のセミダブルベッドが置かれ、一応ベッドマットはあるのだが、なぜかその上にマットよりも一回り小さい和布団が敷いてあった。

二人が短い時間を過ごすホテルの一室は、地上にあけられた出口のない暗い穴のようです。その深い穴にはまってしまうと、もう光のあたった外には出ることができないのです。この部屋のもの悲しい描写が予感させるように、彼らには悲劇が待ち構えています。

この部屋について考えるとき、村上春樹さんがかつてオウム真理教の地下鉄サリン事件を取材した『アンダーグラウンド』についてのインタビューで語った「クローズド・サーキット」という言葉を思い出します。オウム真理教の教祖だった麻原彰晃は教団の人間に対し、彼らが個々の判断を下せないように訓練したうえで、凶行に至らしめました。その閉じた回路に入り込んでしまうと八方ふさがりになって出口がなくなるのです。一方、祐一と佳乃は、誤った思想や宗教にとらわれたわけではありませんが、普通に暮らしているだけで、暗い穴の中に閉じ込められてしまった。それは、バブル崩壊後、失われた十年とも、二十年とも呼ばれた世の中で猛威を振るうようになった拝金主義的な資本主義とそれに伴う心の歪みが、彼らに強いたもののようにも見えるのです。

　吉田さんは、佳乃や祐一と関わりがあった人の話を丁寧に書いていきます。そこから浮かび上がってくるのは、どんな人間にも、育ててくれた親（あるいは親代わりの人）がいて、大切な人たちから見守り、見守られながら生きてきた真実です。人間には、自分の生まれた場所を離れて都会でも、場合によっては外国語を身につけて世界へでも羽ばたいてゆける人と、自分の生まれた場所の周辺で生きていくことが向いている人の二種類があると言われます。その理由は、各人の能力的なものよりも、主に生まれついた性格にあるように見えます。生まれた場所に自然と愛着を抱き、そこから離れないことに疑問を抱かない、もしくは離れることに漠然と恐怖心を覚えるといったことは、個人の指向の違いです。自分の持って生まれたものに従って生きてきたはずが、世界のどん詰まりのようなクローズド・サーキットにはまり込んでしまう社会は、何かがおかしい。読者に対して理屈ではなく、心に直接働きかけてくるのです。

　この本では、吉田さんの小説の『怒り』を取り上げています。『悪人』から七年後となる二〇一四年に出版された作品です。東日本大震災が一一年におき、政府の対応のまずさがあって民主党政権は瓦解し、復興はなかなか進まず、社会に対する苛立ちばかりがつのるようなころでした。その時代に、この題をつけた長編を発表することからして、作家の時代の空気をつかむセンスとは恐ろしいものだと感じさせられるのです。

変容する職場で

現代社会がバブル期以前と大きく変わったことの一つに、仕事の環境があります。日本では一九九〇年代以降に労働者の派遣事業の規制緩和が進み、同じ職場にいながら、正社員や契約社員、派遣社員など立場の違った人が働く光景は自然なものになりました。長引く不景気のもと企業が採用を控える中で、正社員の椅子が少なくなり、大学四年生は「就活」の名のもと、長く、厳しい就職活動を強いられるようになった。職場の連帯感は失われ、若者の働く意欲を悪用して無理な仕事を押しつけるブラック企業という言葉も生まれました。

　このような流れの中で、様々な職場の片隅で働く人の気持ちに最も寄り添って小説を書いた一人が、作家の津村記久子さんです。忘れられない小説の一場面があります。二〇〇九年の芥川賞受賞作『ポトスライムの舟』です。二十九歳のナガセは工場で働いています。物語で描かれる順番は少し逆になりますが、彼女は工場で働き終わった後は友人のカフェでパートをし、家ではデータ入力の内職バイトをしています。正規雇用の安定した仕事を得るのは難しいし、結婚して主婦になって相手の男性に自分の人生を預けるような生き方も今の時代にはあまりにリスクが大きい。仕事をして、少しでもお金を稼いでいなければ不安でたまりません。

　工場の仕事を終え、洗剤で手を洗っているとき彼女はふと、腕に刺青を入れてみたいと思うのです。「今がいちばんの働き盛り」——。

　今の時代は、目立たなくても真面目に生きている一人の女性に自分を無理に鼓舞させるため腕に刺青を入れたいと思わせるほど厳しく、人間の顔を失っているのかもしれません。ですが、彼女はそんな社会環境に押しつぶされることはありません。三十歳前後になれば、かつての学校時代の友達も、仕事に熱中したり、結婚して子どもを産んだり、自分では不本意な人生を送ったり、生き方が分かれてゆきます。それでも、お互いの小さな気遣いで緩やかなつながりを持ち得るのだということをナガセは、長い物語の末に示してくれます。芥川賞受賞作屈指の心温まる一編は、実際の作品を手に取って感じていただければと思います。

　津村さんはこの後、『ワーカーズ・ダイジェスト』や『アレグリアとは仕事はできない』、『この世にたやすい仕事はない』など、「お仕事小説」と呼ばれる作品を次々と発表し、この分野の第一人者と言われるようになります。

　ここでは、『この世にたやすい仕事はない』を紹介しています。主人公の女性は前の職場で燃え尽き症候群のようになり、心身を休めるため実家に帰ってしばらくぶらぶらしていました。そのうち失業保険が切れたこともあって職業安定所のようなところに出かけます。でも、その相談員に「一日スキンケア用品のコラーゲンの抽出を見守るような仕事はありますかね」と言って、戸惑わせる始末です。この言葉は言い換えれば、座って屋根のあるところで働きたいけれど、営業や総務のような社内外の人間関係に煩わされるのは嫌だ。一人でできるような精神的に楽な仕事はあるでしょうか、ということでしょう。ないと言われてしまうと話は終わるのですが、彼女は不思議な相談員に導かれ、隠しカメラを使っての小説家の監視や廃線が危ぶまれている巡回バスの停留所のアナウンス原稿作りなど、変わった仕事をめぐり歩き始めます。

この作品で考えさせられるのは、仕事をする人間の「態度」の問題です。もし就職活動の面接の場で、この主人公が相談員に語ったようなセリフを口にしたら、一発でやる気がなく、「態度が悪い」と判断されて落とされるでしょう。でも、本当に仕事とは自発性を持って前向きな態度で取り組まなくてはならないものなのか。日々の生活を成り立たせるための糧をまず得るためのものであり、態度を変に強調することによって、顧客だけでなく同僚や上司に対して無理に優等生的に振る舞ったり、不用な仕事を引き受けてしまったりして結果的に精神的に追い詰められるようなことにならないか。

主人公の女性は、職安の相談員には後ろ向きな様子を見せますが、バスのアナウンス原稿の仕事には興味を持ち、自分で実際にバスに乗ってみるようにもなります。態度が悪いと思われている人も、今までとは違う場所や環境に置かれれば全く違う働きを見せるのかもしれません。一方で、彼女の上司にあたる男性は会社をやめることになります。仕事とはある目的を達するために行っているのに、往々にしてそこに働く人の態度や好き嫌いによる評価が紛れ込んでしまう。それによって、ひどく傷つけられてしまう人もいる。もっと仕事は仕事として割り切り、湿った感情が忍び込まないようにして、それなりの人間関係を保って働ける社会は作れないかと思わせるのです。

仕事に関連して、現代を特徴づけるもう一つのものが就職活動です。就職活動の始まりが時代を追うにつれて早期化し、「就活」の名のもとに大学生の一大通過儀礼になっていくような風潮を映すかのように、二〇一一年には羽田圭介さんの『ワタクシハ』、一二年には朝井リョウさんの『何者』など、就活の現場を通して自分とは何なのかを見詰める名作が相次いで書かれました。

音楽活動をやめて就職活動を始めた大学生を主人公とする『ワタクシハ』と、男女五人の群像劇の形を取り、ＳＮＳなどの問題が複雑に入り組んでゆく『何者』は、話の内容はかなり異なります。ただ奇しくも、この二つの題名が現代の「就活」の本質を象徴するように見えます。よく考えてみれば、これまでの人生の多くの時間を学校で過ごし、二十歳を少し超えたくらいの若者に、他人と比べて際だって違う特別な「自分」があるわけがない。むしろ、コンクリートの建物の中の教室で整然と並べられた机に座り、窓の一枚も割らずに決められたテストを時間内にこなす訓練に習熟してきた若者たちは、自分をなくすことを強いられてきたのではないでしょうか。それなのに学生たちは、就活の場に至って突然、「ワタクシハ」「何者」であるのか語るように迫られるのです。

『何者』の中では、このような胸を突くセリフが出てきます。

「就活就活って人を見てると、なんか」

隆良の低い声を聞きながら、俺は思う。

「想像力がないんじゃないのかなって思う。それ以外にも生きていく道はいっぱいあるのにそれを想像することを放棄してるのかな、って」

　学生たちは「就活」の場で、自分たちが突然に何か個性のある者になることを求められる苦しみを味わうだけではありません。「失われた十年」とも「二十年」とも言われ、安定した、より良い仕事が貴重な未来への切符に見える中で、それは本来ただの社会への入場券に過ぎないことを見失っている。学生たちはその頼りない切符を握りしめようと、右往左往するのです。たとえ世の中の人があこがれるような就職先であっても、人も経済も移ろってゆく、その先の三十年、四十年と続く未来を保証するものではありません。でも、就職という狭い穴に向かって学生たちを一斉に走らせる就活は、その現実を忘れさせてしまいます。ここにも、現代のクローズド・サーキットがあるのかもしれません。インターネットやSNSは、誰かとつながることによって、人間を広い場所に連れ出してくれるものだったはずなのに、ここでは、不特定多数の人に向かって自分の汚い感情をはき出す場となっている。他人を侮蔑する者は必ず、その行動によって報いを受けるのが世の定めです。自分を取り囲む閉じた輪の壁は一層厚くなり、どこへも出てゆくことができなくなるのです。

　けれどこの物語には、人を風通しの良い場所に連れ出すものは、最後は人と話をして、ぶつかり合うことしかないこともすくい取っています。この作品に触れれば、どこか街中か大学のキャンパスにでもいるような若い男女の生きた会話が聞こえてきます。そして、誰かと止めどもなく話をできるような時間が持てるのは、子どもでも大人でもない学生時代にしかないのです。それが貴重だったと気づくときには、人間は歳を取ってしまっている。その意味で、『何者』はかけがえのない時間を描く愛おしい作品であり、おじキリンのような中年に差し掛かった人間には少し残酷な物語でもあります。

介護、自然災害、国際情勢……

　そのほか、「社会と接する」のパートに取り上げられている作品に触れれば、普段、実社会から縁遠いものと見られがちな文学作品が、いかに現代の日本を取り巻く問題と直接的、間接的につながっているか気づかされるでしょう。たとえば今後、日本社会が長くつき合うことになる超高齢化社会で暮らす人々の光景は、水村美苗さんの『母の遺産』に鮮やかに写し取られています。母親が亡くなった後、母が入居した高級有料老人ホームから、いくら払い戻し金があるのか語り合う冒頭の場面から、ぐっと引き込まれます。母親の骨折、入院と手術。人前ではぼけた姿を隠し、以前のように優雅に振舞おうとするその姿。育てられた親が老い、死んでゆくことへの悲しみ、親の面倒を見ることによって自分の時間や体力が奪われる苦しみ、自らの老いに向き合わされるやるせなさ、それらに金銭上の問題が絡んで、介護とは重い問題なのだと改めて気づかされます。

　この後で、『妻が椎茸だったころ』を取り上げた中島京子さんにも、『長いお別れ』という作品があります。神様に少しずつ自分の能力を返してゆく元中学校校長の父親とそれらを見守る妻や娘たち。トラブル続きの認知症の日々もまた、神様がくれたお別れの時間なのだと胸を熱く震わせられます。二〇一八年の芥川賞を、当時六十三歳だった若竹千佐子さんの「おらおらでひとりいぐも」が受賞したのも、記憶に新しいことです。夫に先立たれた七十代の女性の再生をたどった一編で、時の人となった若竹さん自身も夫を早くに亡くしています。作品の内容と合わせ、かつてないほど人が長く生き、人生の終盤に一山も二山もある時代の景色がにじんでいます。

　現代、明確に浮かび上がってきている世界の政治構造の不安定化とそれに伴って日本が何者かに侵略されるのではないかといった潜在的な不安の気分は、〇五年の村上龍さんの『半島を出よ』にすでに切り取られています。六年後の日本を舞台にした近未来小説の形を取り、福岡ドームの開幕ゲーム中にわずか九人の北朝鮮から侵入した武装部隊が占拠する物語を展開します。ドームを急襲した武装部隊を前に、「ホントに北朝鮮から来たとか。嘘やろ。そしたらその横のねえちゃんは喜び組か」などと現実を見ようとせず、銃口を突きつけられて狼狽する日本人のヒゲの男の姿は、行き当たりばったりの外交を続けてきた日本社会の暗喩のようでもあります。

　また近年、とりわけ強く感じるようになった地球の温暖化や多発する自然災害さえ、文学作品は思わぬ形で取り込むことができます。星野智幸さんの『焔』は、現代社会に広がる息苦しい空気や貨幣万能の風潮などへの問題意識に貫かれた九編を収めた短編集です。ある年の八月六日、これから九日間続くことになる四十度超えの日々の情景が描かれます。暑さでぬるま湯になった池、きりもみ回転するように水に飛び込むスズメ、ジャンプして回転する魚、気がつけば同じように回り続ける人間たち……。冒頭に収めた「ピンク」は、まぶたの裏に残像が残るような強烈な情景を通し、自然の摂理を無視して温暖化を生み出したような人間の営みが、そもそも様々なものを蔑ろにし、生きづらい社会を生み出す構造を持っているのではないかと突きつけます。

海外で評価される ディストピア小説

星野さんの『焔』のような望ましくない近未来社会を描いた作品を、「ディストピア小説」と呼びます。日本では近年、このような作品が多く書かれ、海外でも高く評価されています。一八年には極端な鎖国政策を取るようになった近未来日本を舞台にした多和田葉子さんの『献灯使』の英訳版が、全米図書賞の翻訳文学部門を受賞。小川洋子さんが一九九四年に出版した『密やかな結晶』も、『The Memory Police』の名で翻訳され、二〇一九年の全米図書賞の翻訳文学部門と二〇年の国際ブッカー賞で最終候補となりました。

さらに、福島出身で上野のホームレスになった男の人生を通し、経済成長優先の戦後や現代の格差社会を問い直した柳美里さんの『JR上野駅公園口』も二〇年の全米図書賞の翻訳文学部門を受賞しました。これはより現実社会に近い作品ですが、日本社会のディストピア性を示してもいます。村田沙耶香さんの芥川賞受賞作『コンビニ人間』が世界的ベストセラーとなり、三十五言語以上で翻訳が決定されたことに後押しされ、ディストピア社会を描く日本の女性作家の小説が海外で注目を集め続ける動きは、しばらく止まりそうにありません。

二〇一一年三月十一日に起きた東日本大震災が示したことは、豊かな物質文明を享受していた日本社会が実は、自然の脅威の前に何一つなすすべを持たない砂上の楼閣だったことです。その感覚が、作家たちに暗い近未来を想像させる小説を書かせるのでしょうか。

ヒョウの目から見た現代社会の姿は、時に先鋭的であったり、本当にこんなことがあるのかと疑ってかかりたくなるようなこともあります。でも、おじキリンが木の葉を食べるときに葉っぱのことしか考えられないように、多くの人がそれぞれの仕事や生活に埋もれているとき、作家たちは遥か遠い先を見渡していることがあるのです。それらを、教訓とか生き方の手本などと功利的に捉えるのではなく、もう一人のありえる自分を映し出した切実な可能性を秘めた物語として受け止めたとき、私たちは今までとは違う地平に導き出されるのかもしれません。

作風に「やさしさ」新展開

『懐かしい年への手紙』大江健三郎 著

怒《ど》濤《とう》の勢いで読者を圧倒し、作品世界に巻きこむ。大江健三郎の作品は最初期からほとばしる熱気が持ち味だった。主調は激しい嘆き。しかし、ある時からその奔流のような情念に静かな「悲嘆」が聞こえるようになる。ある種のやさしさが生まれたのだ。『懐かしい年への手紙』はそんな新しい展開を代表する作品である。

主人公Kは作家自身と重なる。四国奥地の村から東京の大学に進み、若くして作家デビューを果たすと、旺盛な執筆活動。学生運動が盛んだった時代、政治的な活動にも積極的にかかわった。

そんな彼は、師匠と仰ぐ「ギー兄さん」と交流し、故郷との絆を保った。ギー兄さんは故郷の村で高等遊民のような生活を送りつつ、その歴史と物語を守っている。Kには歴史家になれと勧めてきた。売れっ子作家となったKの人生は、右翼による脅迫、障がい児の誕生など波乱に満ちていたが、ことあるごとに彼はギー兄さんの助言を受ける。

　ギー兄さんは故郷の村でコミューンのような共同体の建設をめざすが失敗、その後、殺人の嫌疑で服役も経験する。やがて治水事業をめぐって反対派の恨みを買い、殺害された上、自身が開発に尽力した人造湖に捨てられる。

　ギー兄さんはＫの分身なのだ。彼が「そうであったかもしれない」人物。そのほとんど神話的な生き様を見やりながら、Ｋは自分の人生を総括する。その口調には哀切感や懐古の念も混じるものの、過去形とも現在形ともつかない大江特有の宙づり状態で展開される文章では、過去の神話や物語が、現在と未来とに向けてあふれ出すようにも感じられる。作中言及されるダンテやイエイツといった詩人たちの、異世界への感受性を存分に継承した作品なのである。

（阿部公彦・英文学者）

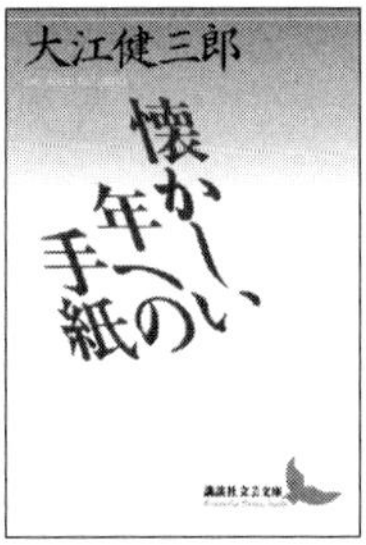

1987年刊
現在は講談社文芸文庫

おおえ・けんざぶろう　１９３５年、愛媛県生まれ。東京大仏文科在学中に『奇妙な仕事』で注目さあ、１９５８年に『飼育』で芥川賞。１９９４年にノーベル文学賞を受賞。主な作品に『芽むしり仔撃ち』『個人的な体験』『万延元年のフットボール』など。

selected literature

32

漂着の島　協力と裏切り

『東京島』桐野夏生 著

銀行の仕事を辞めた夫・隆とその妻・清子が、世界一周をめざす船旅の途中で遭難し、無人島に漂着する。桐野夏生『東京島』は、どことも知れないこの島を舞台に展開される。やがてフリーターの若者が二十三人、漂流の末に島へ上陸する。さらには、ホンコンと呼ばれることになる中国人が十一人、島に置き去りにされる。清子以外は全員男性。しかも四十六歳の清子が最年長。なんという環境と条件だろう。

トウキョウと名付けられたこの島で、清子は男たちの欲望の対象となる。争いが起こり、死者も出る。籤《くじ》引《び》きで新しい夫を決めることになったり、共同体を形成するための協力や努力、また反目が生じる。この環境での日々が清子を変える。欲望や嘘《うそ》に慣れた判断や行動に身を任せるようになる。そこで気づく。変わる、ということが、この作品のテーマの一つなのだと。

記憶喪失らしいGM、ヤンキーで粗暴なカスカベ、共同体から外され、中身が不明のドラム缶がいくつも転がるトーカイムラと名付けられた浜に一人で暮らすワタナベ、北の森に住み寺院を作るマンタ、小説家志望だったオラガ。こうした男たちは、各人の方法で島の暮らしに適応する。脱出計画、裏切りと疑いが、ホンコンも含め、集団のバランスを大きく変える。もっとも富める者は、船を手に入れる者だ。島からの脱出こそが夢だから。

女性性をめぐるモチーフが、清子を軸として重層的に描き出され、著者の力量が発揮される。人間を取り巻くシンプルな構図には、創世神話の趣きさえ漂う。生き延びようとする人間の本能を、容赦なく炙《あぶ》り出す作品だ。個人と集団と社会性の間に生じる摩擦熱に似たものが、脳裡《のうり》に焼き付けられて消えない。

（蜂飼耳・詩人）

2008年刊
現在は新潮文庫

きりの・なつお　1951年、石川県生まれ。1993年『顔に降りかかる雨』で江戸川乱歩賞受賞。『柔らかな頬』で直木賞、『グロテスク』で泉鏡花文学賞、『ナニカアル』で読売文学賞。『OUT』の英訳は、米・エドガー賞の候補にもなった。

selected literature

33

老いの現実　三世代物語

『母の遺産 ―新聞小説』水村美苗 著

「それで（老人ホームの）『ゴールデン』からはいくらぐらい戻ってくるの？」息を引き取って間もない母の残した遺産について姉妹が交わす現実的な会話で小説は始まる。

日本は世界有数の長寿大国。平均寿命は半世紀で十年以上延び、高齢者の割合も記録更新が続く。家族や社会の在り方も変わるなか、人生をどう歩み、その終焉《しゅうえん》をどう迎え、支えるべきか。多くの人が抱える問いに、本作は三世代の物語を紡ぎながら向き合う。

母親の介護、夫の不倫、自らの老い。様々な問題に一度に直面した「五十女」の美津紀の母親に対する感情は複雑だ。幼少期の姉妹間の不平等な扱いや「老人病院」に見捨てられた父の記憶がしこりを残す。それでも、入院中の母の元に献身的に通い、絶え間ない要求に応え続ける。「もう疲れちゃった」と繰り返す母には「あたしもよ」と返せずにいるが、家でひとり「ママ、いつになったら死んでくれるの？」と問う。

遺産や離婚後の財産分与額、ライフステージに合わせて変わるマンションの平米数、葬儀屋の料金メニューなど、細かく記される数字も中産階級の老いのリアリティーを感じさせる。

明治時代に新聞連載された尾崎紅葉の小説『金色夜叉』が重要な役割を担う本作も二〇一〇年から一一年にかけて本紙（読売新聞）で連載された。単行本で五百頁《ページ》以上ある大作だが、六十六の短い章と新聞小説らしく開かれた文体、抑揚のある物語展開が読者を結末へと誘《いざな》う。

そのラストは、文庫化の際に若干書き直されている。人生はコントロールできないことも多い。でも自らの最終章は書き換えられる部分もある。そんな前向きなメッセージとして受け取るのは希望的観測が過ぎるだろうか。


（辛島デイヴィッド・翻訳家、作家）

2012年刊
現在は中公文庫

みずむら・みなえ　1951年、東京都生まれ。12歳で渡米し、イェール大大学院修了後、帰国する。1990年に『続明暗』を刊行し、芸術選奨新人賞、『本格小説』で読売文学賞、エッセー『日本語が亡びるとき』で小林秀雄賞を受賞している。

selected literature

34

就活 自分を問う通過儀礼

『何者』朝井リョウ 著

一昔前、新しいゲームソフトを買うと箱に必ず説明書が入っていた。世界観やキャラクター紹介、美しいイラストをゲームの合間に眺めるのが愉《たの》しみだった。

就職活動中の若者たちの葛藤を描く本書では、巻頭に登場人物たちのツイッタープロフィールが掲載されている。見開きのページに並ぶ、六名分のアイコンやアカウント名、自己紹介文を見ていると、ゲームを始める前のような昂揚感《こうようかん》が湧いてくる。と同時に、もはや見慣れたツイッターなどのホーム画面で、私たちがいかに自身の存在を、簡単な言葉に置き換え、周囲にPRしてきたかに気付かされる。わかりやすく、簡潔に。ツイッターでは一四〇字以内で。面接では、まずキーワードから。

同じようなスーツを着て、同じような髪型に見える就活生の胸の内を、著者は丹念に汲《く》み取っていく。「ほんの少しの言葉の向こうにいる人間そのものを、想像してあげろよ、もっと」と、ある登場人物は語る。

企業に提出するエントリーシートで、就活の合間に更新するツイッター上で、そこには選ばれた言葉と選ばれなかった言葉が存在する。目に見える言葉だけに、人は囚《とら》われがちだ。何でもない言葉を簡単に放てる時代だからこそ、大切なものが埋没し、言葉にならない声は押し殺される。

「何者」という簡潔なタイトルにも、選ばれなかった言葉が潜む。何者という言葉からは、「お前は何者だ？」という問いが想起される。就活生たちは他者に「何者だ？」と問われ続け、自分自身にも問い続けるうち、「何者でもない自分」に直面する。その「何者でもない自分」に気づき、向き合っていくことこそ、大人への通過儀礼であり、就活なのだ。読後、「何者」が表す意味は読者の前で反転する。

（澤西祐典・作家）

2012年刊
現在は新潮文庫

あさい・りょう　1989年、岐阜県生まれ。2009年『桐島、部活やめるってよ』で小説すばる新人賞を受賞し、デビュー。『何者』で直木賞、『世界地図の下書き』で坪田譲治文学賞。ほかの作品に、『武道館』『スター』など。

selected literature

35

現実離れした仕事 転々

『この世にたやすい仕事はない』津村記久子 著

日々の労働の対価を、食費やささやかな遊興費や家賃に充てる。津村記久子はそんな普通の労働者階級の人々を繰り返し書く。非正規雇用の増加にあって、会社でのモラハラに精神を病んだり、工場労働で将来を不安視したりする女性たちのリアルな本音と生活は、ひろく共感を呼んできた。

『この世にたやすい仕事はない』も、いわゆる「お仕事小説」に分類されるだろう。しかし本書での労働は少し現実離れしている。前職で燃え尽き症候群のようになった主人公は、職業安定所で「コラーゲンの抽出を見守るような仕事」を求める。すると、ありそうでありえない不思議な仕事を次々に紹介されるのだ。

たとえば、監視カメラで小説家の日常をただ見続けること。またはおかきの袋の裏に印刷される雑学ネタを考えること。巨大な森の小屋で日がな過ごすこと。

運行中のバス内で流すアナウンスの文言を作成する仕事では、停留所付近の商店や施設の宣伝アナウンス通りに、店や町や沿線が現れたり消えたりする感覚におちいる。時給や作業のディテールはリアルなれど、全体的にファンタジー風味の可笑《おか》しさがあるのが本書の特徴だ。

なぜ人は働くのか。生活のため？　人間関係に傷つき、尊厳が損なわれるまで離職しなかったこれまでの津村作品の登場人物と違って、本書の主人公は軽やかに転職をかさねる。

「どの人にも、信じた仕事から逃げ出したくなって、道からずり落ちてしまうことがあるのかもしれない」

マジメな人ほど苦境に追い込まれやすい同調圧力の強い現代社会で、人生の寄り道や一時休息の時間を、大丈夫だよ、と受け止めてもらえればどんなに気が楽になるだろう。本書にはそんなおおらかさがある。

（江南亜美子・書評家）

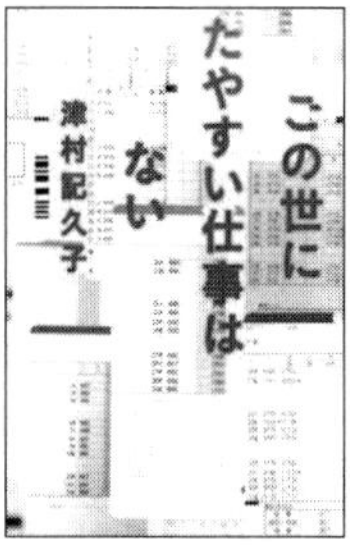

2015年刊
現在は新潮文庫

つむら・きくこ　１９７８年、大阪府生まれ。２００５年に太宰治賞を受賞しデビュー。『ミュージック・ブレス・ユー!!』で野間文芸新人賞、『ポトスライムの舟』で芥川賞、『この世にたやすい仕事はない』で芸術選奨新人賞を受賞している。

selected literature

36

マルチ作家の「私小説」

『君が異端だった頃』島田雅彦 著

私は数年前、作者の年譜を作る仕事をした。

島田雅彦は小説家だが、演劇や映画に出演したり、テレビＣＭで歌ったり、詩のボクシングで王座に就いたりと、文筆以外の仕事量も極めて多い。加えて、披露する思い出話が複数の媒体でごちゃついている。

図書館で資料を漁《あさ》りながら、マルチでカオスな作家の軌跡を年譜化することがいかに大変かを痛感するとともに、思った。自分で書けばいいのにと。

その念が通じたかのような本作は、作者が自らの過去を回想する小説だ。多摩丘陵の森で想像力を養った幼少時代にはじまり、小説家を志し異端者の道を模索した青春時代、デビューを遂げた大学時代、先輩たちに揉《も》みに揉まれた若手作家時代までがたどられる。

文学好きなら大岡昇平、埴谷雄高、安部公房、中上健次といった名だたる文士たちとの逸話にほくほくする筈《はず》だ。六回落選した芥川賞の裏話も面白い。性遍歴や黒歴史を赤裸々に描く私小説としても楽しめる。のだが、単に私小説と呼べぬ側面もある。

語り手が主人公を「君」と呼び物語る趣向は、過去作である『僕は模造人間』の複雑な叙述に通じる。「私」は誰かの模造品に過ぎないという観点で書かれた『僕は模造人間』は、言わば私小説のパロディだった。本作はその三十年越しの書き換えとも読めよう。

作品間の込み入った軌跡は、自意識をめぐる社会の変化を炙《あぶ》り出しもする。自分は模造品だ、という自覚は、今や多くの人々にとって自然な感覚となり、異端でなくなったからこそ、作者は過去作を再構築する必要に迫られたのでは？

「模造人間」は早すぎた『コンビニ人間』だった。君が異端だった頃、芥川賞は冷淡でスカタンだった。

（佐藤康智・文芸評論家）

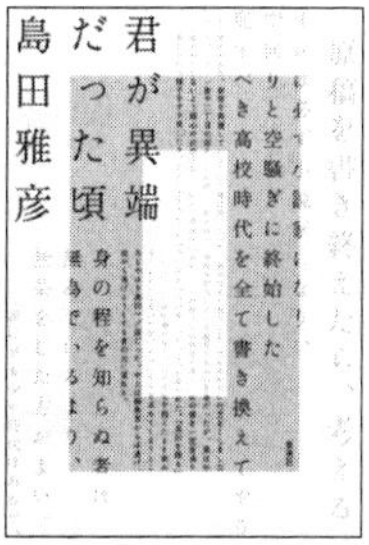

2019年刊
集英社

しまだ・まさひこ　1961年、東京都生まれ。東京外国語大ロシア語学科在学中の1983年、『優しいサヨクのための嬉遊曲』を発表し、注目される。『彼岸先生』で泉鏡花文学賞、『君が異端だった頃』で読売文学賞。法政大の教壇にも立つ。

selected literature 37

美しい鎖骨から狂う人生

『冬の旅』辻原登 著

『冬の旅』の主人公緒方隆雄は、刑務所から出所する三十八歳の前科者として私たちの前に登場する。舞台は大阪。どぎつい関西弁。まさに任侠《にんきょう》物のオープニングだ。しかし、彼はごくふつうの男にも見える。一つだけ違うのはその美しい鎖骨だった。これが彼の人生を狂わせることになる。

緒方は高卒後、就職に失敗、仕方なく、中華料理店でアルバイトを始め、白鳥満と遭遇する。この男、男性の鎖骨に異様な執着を抱く人物だった。ところが店長が二人の関係を誤解、緒方は店を追われる。転落が始まるのはここからだ。

緒方の鎖骨に魅了されたのは白鳥だけではない。大震災の最中に出会った看護師の鳥海ゆかりもそんな一人だった。二人は結婚し、束《つか》の間の幸福を得るが、緒方の知らない過去を抱えたゆかりはやがて失踪。彼女が悲劇的な最期を迎える場面では、巨大な筋書きの全《ぜん》貌《ぼう》が露《あら》わになる。感動的な場面だ。

ストーリーを語る巧みさにおいて辻原登は傑出する。伏線を張り巡らし、皮肉な偶然でひねり、幾筋もの流れを超絶技巧の手さばきでまとめる。阪神・淡路大震災の現場、刑務所やカルト宗教の内情から性行為、殺人まで、細部の描写も実に精緻《せいち》だ。

しかし、辻原はリアリズムに安住しない。作り上げた精緻な世界を、こんどは解体しにかかる。冥界《めいかい》への一瞥《いちべつ》。謎めいた科白《せりふ》、幻聴、幻視。リアリズムに穴がうがたれると、やがて不可解な「心」の問題が現れる。見慣れた日常世界の向こうから聞こえる人間の声は、暗く奇妙で、しかしひどく懐かしい。

どんな作家も自らのリアリズムに足場を持つ。しかし、辻原登はそこから出ることにもこだわる。彼にとっての〝リアル〟はまさにそこにあるのだろう。

（阿部公彦・英文学者）

2013年刊
現在は集英社文庫

つじはら・のぼる　1945年、和歌山県生まれ。1990年、『村の名前』で芥川賞、『翔べ麒麟』で読売文学賞、『遊動亭円木』で谷崎潤一郎賞、『闇の奥』で芸術選奨文部科学大臣賞など数多くの文学賞を受賞している。

因習に生きた母の半生

『晴子情歌』高村薫 著

ミステリーやサスペンスの書き手だった高村薫は、二〇〇二年、それまでとは趣向の異なる小説を発表した。『晴子情歌』だ。事件とその展開よりも、むしろ人物や風土を描くことで見えてくるものに力を注いだ小説だ。著者が主人公を女性にしたのも、これが初めてだった。タイトルの晴子がその名前だ。

東京から青森へ、青森から北海道へと晴子の居場所は移り変わる。漁業に従事する人々や北の風物を描写する筆致は鮮明だ。やがて父をなくして独りになった晴子は、青森の野辺地に送られて、福澤家で奉公を始める。福澤家は、事業と政治に関わる家だ。

政略結婚や血筋などをめぐり、因習的な生活が続く。時代の波や旧来の在り方を保った暮らしに、人々は運ばれる。晴子はその一人なのだ。昭和の一時期の地方を切り取って煮詰めたような作品だが、ここに、新しく作り出された懐かしさを見ることもできる。

この小説は、母の晴子が息子の福澤彰之《あきゆき》に宛てて送った手紙、というかたちを取る。彰之は、北洋漁船に乗って働いている。北の海の上で手紙を読むのだ。綴《つづ》られている内容は、息子が知らない母の半生だ。

彰之は、嫌悪の感情ゆえに家や自分の痕跡を否定する息子だ。母から届く手紙は余人の入り込めない場を形成する。ある意味で濃密な、母子という関係に、手紙のかたちで差し込まれる言葉の数々は、何を伝え、露《あら》わにし、そして代わりに何を隠すだろうか。

著者は福澤彰之を本作以降も描いた。『新リア王』『太陽を曳《ひ》く馬』だ。『晴子情歌』だけでは手放せない人物だった、ということになる。人を衝《つ》き動かすものは何か。著者は、情動の源に迫り、掘り下げようと試みた。その熱が伝わる。

（蜂飼耳・詩人）

2002年刊
現在は新潮文庫

たかむら・かおる　１９５３年、大阪府生まれ。９０年、『黄金を抱いて翔べ』でデビュー。『マークスの山』で直木賞、『レディ・ジョーカー』で毎日出版文化賞を受賞するなど、社会派ミステリーブームを牽引。『太陽を曳く馬』で読売文学賞。

selected literature 39

殺人現場「怒」の血文字

『怒り』吉田修一 著

『怒り』の出だしは、現実にあった事件とそっくりだ。

酷暑の夕刻、八王子の住宅街で異様な殺人が起きる。犯人は見ず知らずの家に侵入、若い夫婦を次々に殺害後、全裸で長時間現場にとどまり、食事を摂《と》り、ソファーでくつろいだという。あの世田谷の一家四人殺害事件での、犯人の奇行を想起させる。

人間には必ず不可解な部分がある。そことどう付き合うかは、社会が永遠に抱える難題だ。『怒り』はこの難題に正面から取り組むが、示されるのは単なる正解ではない。最後まで読めばタイトルの重みを感じるだろう。気楽な結末ではない。

殺人の現場にはＤＮＡや指紋などの証拠。被害者の血で書いた「怒」の文字。目撃者もいる。犯人の人相や名前も早々に判明。しかし、そこから捜査は難航する。

その後の展開は、読者への挑戦をはらんでいる。犯人候補が三人出てくるのだ。千葉の漁村に流れ着いた田代。発展場の闇からあらわれる直人。沖縄の無人島に潜む田中。どの男にも陰がある。そして皆、なぜか人を惹《ひ》きつける。

『怒り』の読みどころは、この三人の男たちを理解し受け入れようとする人物たちの努力と信念とあきらめと悔恨の軌跡だ。迷い込んだ歌舞伎町の風俗街から父親の手で千葉に連れ戻される愛子。ゲイ仲間との派手な遊びに倦《う》んだ優馬。母親の迷走に付き合わされる泉と、彼女に恋慕を抱く辰哉。

彼らの理解の試みは成功したとは言いがたいが、その跡に美しい何かが残る。人物たちの多様な弱さを丁寧に書きわけるこの作家の腕前にはいつも感心する。小説には「わかった」と思わせるものもあれば、荒涼とした「わからなさ」をつきつけるものもある。吉田修一は「わかる」と「わからない」の境界線を、哀《かな》しさでつなぐ作家なのだ。

（阿部公彦・英文学者）

2014年刊
現在は中公文庫

✎よしだ・しゅういち　1968年、長崎県生まれ。97年、『最後の息子』で文學界新人賞を受け、デビュー。『パレード』で山本周五郎賞、『パーク・ライフ』で芥川賞、『悪人』で大佛次郎賞、『国宝』で芸術選奨文部科学大臣賞を受賞している。

selected literature

40

孤独選んでも絆求め

『妻が椎茸《しいたけ》だったころ』中島京子 著

偶然に思える出会いも、実は全て必然の出会いなのでは。読後そう改めて思わされる。日本では近年「単独世帯」が増えているが、妻に先立たれた表題作の男性や自宅で翻訳の仕事をする女性など、本短編集の登場人物の多くは一人で暮らしている。自ら孤独を選んでいるようにも見える彼らは、植物、石、レシピ、元夫の写真などを大切にコレクションし、自分だけの小宇宙を作り上げている。目の前の人物や事柄よりも自然や過去との結び付きが強く、そのこだわりの深さは時に狂気の域に達する。

本作に収録された五編は、卒業を控えた大学生から定年退職したばかりの者まで、それぞれ異なるライフステージにある人物の視点で進む。海外出張から家族の死まで、さまざまな「旅立ち」をきっかけに、孤独を好む人物たちと出会い（もしくは日記の言葉などを通して再会し）、それぞれのプライベート空間に一歩踏み込むことになる。そして、日常と幻想が交錯する場所で共有される物語に感情や想像力を呼び覚まされる。

進んで孤独を選んでいるように見える者たちも、他者とのつながりを求め、機会あればそっと手を差し出す。その結果は常に典型的なハッピーエンドとはいかない。幻想に魅せられ、自らの世界に閉じこもる者もいる。だが、そこに救いがあることも少なくない。束《つか》の間の出会いをきっかけに現実世界と向き合い、家族との絆を深めようと決意する者もいる。

世界の人口の約半分が何らかの封鎖状態にあり、孤立する人が更に増える危険のあるなか、新たな出会いの大切さや時空を越えて人をつなぐ物語の力を実感させられる一冊だ。

（辛島デイヴィッド・翻訳家、作家）

2013年刊
現在は講談社文庫

なかじま・きょうこ　１９６４年、東京都生まれ。２００３年、『ＦＵＴＯＮ』で作家デビュー。『小さいおうち』で直木賞、『かたづの!』で河合隼雄物語賞、『長いお別れ』で中央公論文芸賞、『夢見る帝国図書館』で紫式部文学賞を受賞している。

非常事態で露呈　国の課題

『半島を出よ』村上龍 著

新型コロナウイルスの感染拡大が続く中、カミュの『ペスト』や、デフォーの『ペストの記憶』が話題だ。優れた書物は、現代を照らす明かりとなる。非常事態下であぶり出される社会のありようを描く本書も、そんな一冊といえよう。

二〇一一年の春、わずか九名の北朝鮮の武装コマンドが密入国し、プロ野球の開幕戦で盛り上がる福岡ドームを占拠する。北朝鮮の「反乱軍」を名乗る彼らは、福岡の独立を宣言する。

想定外の非常事態に、日本政府は混乱を来し、対応も後手に回る。相手が「反乱軍」を名乗っているため、日本国内の内乱とみなされ、国連やアメリカ、中国といった周辺諸国から具体的な支援は得られない。皇居と国会が攻撃されるという噂《うわさ》が追い打ちをかけ、政府は場当たり的に福岡の「都市封鎖」に乗り出す。その事務処理能力と熱心さは凄《すさ》まじく、非常に難しい複雑な指示を何十か所にも発し、何十万という人間を動かすが……。

　本書では、日本という国の抱える問題が次々に提示される。少年犯罪、ホームレス問題、所得格差、個人情報の流出、日米安保条約、憲法九条……本書の発表から十五年。我々はこれらの大きな宿題にいまだ応えられていない。

　しかし、巨大な構想を持つ本書の中で、もっとも紙幅の割かれるのは、こういった諸問題とはまた別のところにある。閣僚や少年犯罪者、北朝鮮の兵士に至るまで、登場人物一人ひとりの生い立ちや来歴が、意外なほど細やかに描出される。マジョリティーや強者のための組織に押し潰される個人を掬《すく》い上げようとする著者の強いメッセージがにじむ。「真の退廃とは、多数のために力のない少数者が犠牲になること」。作中の言葉が、今、痛烈に響く。


（澤西祐典・作家）

2005年刊
現在は幻冬舎文庫

むらかみ・りゅう　１９５２年、長崎県佐世保市生まれ。武蔵野美術大在学中の１９７６年『限りなく透明に近いブルー』で群像新人文学賞を受け、同作で芥川賞。『コインロッカー・ベイビーズ』で野間文芸新人賞、『半島を出よ』で毎日出版文化賞。

selected literature 42

恋敵は植物　青年奮闘

『愛なき世界』三浦しをん 著

告白した相手に「植物の研究に、すべてを捧《ささ》げると決めています」との理由でフラれたら、心変わりを待てるだろうか。恋のライバルは、人じゃなくて草。勝ち目はなさそうだが、それでも奮闘する青年を見守るのが、本作の醍醐《だいご》味だ。

東京は本郷にある洋食店で見習い料理人として働く藤丸は、近所の国立T大学のとある研究室にたびたび出前をするうち、一人の院生に惹《ひ》かれる。シロイヌナズナという葉っぱの遺伝子操作の実験に没頭する本村は、見た目が殺し屋のような教授をはじめ、サボテン愛を表明する後輩や、ボルネオ島にコケ研究に赴く先輩など、個性あふれる面々と同様、研究一筋だ。

彼女は、恋愛や結婚、人との生殖にも興味がない。「一台の顕微鏡を二人で同時に覗《のぞ》くことはできない。（中略）研究以上に夢中になれるとは、とても思えない」と、藤丸のアプローチは丁重に断ったものの、彼が料理の世界で研鑽《けんさん》を積み、明るい性格であることは、好ましく思うのである。

　地道な基礎研究の日々を彩る小さな変化や、まれの発見の喜びを、本作はじっくりとらえる。派手な物語を排し、千二百粒の種の採取や、学会発表など、地味エピソードを羅列していく書きぶりは、研究者という生き物の精確な生態観察であるかのようだ。

　本村はこう夢想する。「無人の大学を、街を、地球上を、愛を知らぬ植物が緑で席巻していく」。自然が人間のよりよい生活のためのリソースなどではなく、人間も自然の一部と考える彼女の謙虚さには、これからの自然との共生のヒントが隠されていそうだ。

　さて恋の行方は？　むしろ恋愛至上主義でなく、独自の信頼関係を築こうとする若者たちがいじらしい、変わり種の青春小説だ。

（江南亜美子・書評家）

2018年刊
中央公論新社

みうら・しをん　１９７６年、東京都生まれ。２０００年、『格闘する者に○』でデビュー。『まほろ駅前多田便利軒』で直木賞、辞書作りの現場を描く『舟を編む』で本屋大賞を受賞。ほかの著書に『風が強く吹いている』『愛なき世界』など。

selected literature
43

希望燃え立たせる物語

『焔』星野智幸 著

世界の終末を思わせる闇の中で、「私たち」が焔《ほのお》を囲んでいる。最後の生存者であるらしい「私たち」は、一人ずつ物語を語っては消えていく。星野智幸の『焔』は読み進めるうちに、自分が生存者の一人として他者の語る物語に耳をすませているような錯覚と緊張感にとらわれる。

最初の物語「ピンク」では、生命を脅かす炎天下に人々は一心不乱に自転する。常態化した異常気象、集団的熱狂、社会の同調圧力といった現代的な事象がリアルに浮かび上がる。

以降の物語でも、近未来の話を装いながら、自然災害、高齢者介護、少子化、監視社会、ナショナリズムなど現代社会の切実な問題が織り込まれる。また、イメージの喚起力に富む変身譚《たん》が変奏され、不寛容社会に欠ける他者への想像力の豊かさを読者に体験させる。

最後の物語「世界大角力《おおずもう》共和国杯」は、「ぼくはおかみさん」という意表をつく書き出しが、男性中心の相撲界の風景を伸びやかで幻想的なものに一変させる。立ち合いが見事だ。国技館に世界の味を提供する「ちゃんこ市場」がある設定も楽しい。土俵上から性別や国籍の縛りをなくし、ユーモアをちりばめながら多様性とは何かを問う。

『焰』は、これら様々な語り口で語られる九つの物語を内包して「私たち」の物語を紡ぐ。短編集でも連作集でもない形式をとり、同調圧力の息苦しさから多様性の志向へと物語を配置することで、人々が自分の物語を語りながら、他者の物語をも生きるという、人と物語との新しいあり方が、希望の炎を燃え立たせる火種となることを伝える。

閉塞《へいそく》感に満ちた実社会の危機的状況を描き出しながら、絶望の暗闇から希望の光へ鮮やかに反転する本作は、今、この時代に書かれるべくして書かれた。

（谷口幸代・日本文学者）

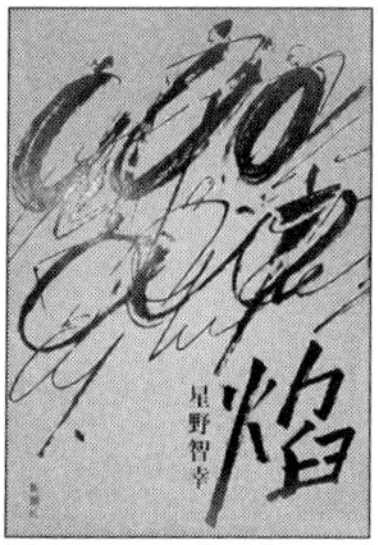

2018年刊
新潮社

ほしの・ともゆき　1965年、米・ロサンゼルス生まれ。大学卒業後、新聞社勤務を経てメキシコに留学。97年、『最後の吐息』で文藝賞を受賞し、デビュー。『目覚めよと人魚は歌う』で三島由紀夫賞、『夜は終わらない』で読売文学賞。

少年少女 体制への挑戦

『ソロモンの偽証』宮部みゆき 著

作中に登場する印象的な絵画がある。ブリューゲルの『絞首台の上のカササギ』だ。小高い丘でピクニックを楽しむ人々を、絞首台の上から、〝密告者〟を意味するカササギが見下ろしている。異端審問や魔女狩りが激しかった時代、無辜《むこ》の人民が、無惨に処刑された世相を表しているという。

時代が変わっても、人間のやることは本質的に変わらない。ある体制を作り、その中で〝迫害〟したりされたりする。当事者は、体制に異を唱えるのも難しい。

物語はバブル末期、一九九〇年のクリスマスイブの夜に、一人の中学生が、学校の屋上より転落死するところから始まる。彼の死は自殺とされるが、生徒や保護者の間で、ある噂《うわさ》が囁《ささや》かれる――彼は同級生に殺されたのではないか。

学校も警察も噂を否定するが、関係者たちのもとへ、彼が殺される現場を見たという告発状が届く。マスコミがその告発状を嗅ぎつけ、事態が混迷を窮めるなか、同級生から、もう一人の犠牲者が出てしまう。

学校や警察、報道機関はそれぞれの正義に立ち、子供たちを必死に守ろうとするが、真相は一向に見えてこない。肝心の生徒たちは心に傷を負ったまま、半年が過ぎ、学校はまるで事件などなかったかのように平穏を取り繕おうとする。

ないがしろにされ、傷ついたままの少年少女たちは、自分たちの手で真相を究明するため、「学校内裁判」を開くことを決意する。

それは安易な体制への批判や大人への反抗ではない。自分たちが負った傷や自分たちを取りまく体制に正面から向き合い、乗り越えようとする、体当たりの挑戦なのだ。

中学生の少年少女たちの魂の叫びが飛び交う法廷で、驚くべき真相が明らかになる……。

平成を代表するミステリー作家による傑作長編。

（澤西祐典・作家）

2012年刊
現在は新潮文庫

みやべ・みゆき　1960年、東京都生まれ。1987年『我らが隣人の犯罪』でオール讀物推理小説新人賞を受賞し、デビュー。『火車』で山本周五郎賞、『理由』で直木賞、『模倣犯』で司馬遼太郎賞、芸術選奨文部科学大臣賞、毎日出版文化賞特別賞を受賞。

鼎談

中島京子×柴崎友香×辛島デイヴィッド

深い読書誘う短編小説

「現代×文芸　名著60」特別企画第三弾のテーマは、「短編小説をめぐって」です。選者の一人で翻訳家の辛島デイヴィッドさんは、日本と英語圏で好まれる短編の長さや位置づけに違いがあると感じているそうです。作家の中島京子さん、柴崎友香さんとその魅力やお薦めの一編なども語り合ってもらいました。

急に始まり終わる

柴崎　短編を私が好きなのは、急に始まって、急に終わるところです。

辛島　米国のレイモンド・カーヴァーの作品が、まさにそうですね。僕が今日挙げるつもりの「ダンスしないか?」（『愛について語るときに我々の語ること』収録、村上春樹訳）とか。

柴崎　私もカーヴァーの作品の中で、一番好きです。〈キッチンで彼は酒のおかわりをグラスに注いだ。そして前庭に並べた寝室のセットを眺めた〉。いきなり説明もなく、家の中のものを庭に並べる人と、通りかかった若い男女の話が始まり、突然に終わる。

辛島　この作品、版が二つあるのも面白いですね。

柴崎　そうなんです。終わってみると人間の存在の分からなさや、ひいては人生そのものが浮かび上がる。作品の前にも後ろにも、物語が続いている感じがします。

中島　日本の短編を一つ挙げると、私は芥川龍之介の「蜜柑《みかん》」かな。芥川自身のような気《き》鬱《うつ》にとらわれた男が汽車の中で、十三、四歳の娘と乗り合わせる。その子が取る思わぬ行動に、男の気が晴れてゆく。蜜柑を使ったその情景が鮮やかで、完成された短編です。

柴崎　私は、川端康成の「反橋《そりはし》」を。随想と創作の間にあるような日本文学らしい短編です。大阪の住吉大社にある反り返った形で有名な太鼓橋で、川端のような語り手が、人生を思い返す心情が胸に迫ります。

中島　短編には、完成された職人仕事のようなところがあって、深い読書体験に誘ってくれる。川端や芥川、カーヴァーなどの米国文学にしても、ほかの作品や長編を読む入り口になりますね。

英米と異なる長さ

辛島　日本の作品を海外に翻訳して紹介する場合、出版社や編集者から、まず短編を求められることが多いんです。でも、日本と英語圏でよく書かれる「短編」の長さが違うなと、感じることが時々あります。

柴崎　カーヴァーの短編も短いですものね。

辛島　英米圏で短編というと四百字詰め原稿用紙三十〜五十枚。米国の大学の創作コースで学ぶ新人作家は、この枚数の作品を雑誌に書くことでキャリアを積む。一方で、日本で新人の登竜門とされる芥川賞は、短い読み物のイメージがあるけれど百～百五十枚程度が多い。これは英語圏だと「ノベラ」と呼ばれる中編に当たります。

芥川賞向きの枚数

柴崎　芥川賞を受賞した私の『春の庭』が百四十枚。短編のようにシンプルなアイデアでは書けず、長編のように大きな流れがうねって書くようなものとも違う。確かに難しい枚数です。

中島　自分の身近なことを題材にした心境小説に合った枚数なのかも。芥川賞向きの少し特殊な枚数かもしれませんね。でも、多くの作品がこの枚数で書かれてきたということは、歴史を積み重ね、書き方が洗練されてきてもいるはずです。

辛島　ただ、英語圏でも状況に変化の兆しがあります。村田沙耶香さんの芥川賞受賞作『コンビニ人間』の英訳（Convenience Store Woman）が世界で反響を呼び、海外の出版関係者は、日本にはこの枚数の作品に面白いものが多いと気づいてきた。

中島　インターネットやＳＮＳで人々が短い文章をよく読むようになった影響はありますか。

辛島　『コンビニ人間』の海外の読者の感想には、内容のほかに、短くて読みやすいとの声があるそうです。米国文学は、メルヴィルの『白鯨』のような大長編とカーヴァーのような短編が伝統ですが、ネットの影響などで変化が出るかもしれません。

中島　私の『長いお別れ』は、認知症の父をモデルにした作品です。実際に介護を経験するうち、父と交わした言葉や出来事など書きたい断片がたまり、それが短編になり、いくつか書くうち連作になった。長い旅をするような長編とは違うけど、やはり短編にしか書けないものがある。

柴崎　実は最近の連作短編集『公園へ行かないか？　火曜日に』も、カーヴァーの「ダンスしないか？」からつけました。短編は短いから、繰り返し何度も読めるし、好きな一文一文を覚えるように読める。短いからこそ、その世界にすっと入ってゆけます。

3氏のお薦め作品

今回の対談では、ほかの短編も話題に上がりました。それぞれのお薦めの作品を紹介します。

辛島さん
ジョージ・ソーンダーズの短編集
『十二月の十日』
（岸本佐知子訳、河出書房新社）

柴崎さん
田中慎弥「蛹《さなぎ》」
（『切れた鎖』新潮文庫収録）

中島さん
チョン・セランの連作短編集
『フィフティ・ピープル』
（斎藤真理子訳、亜紀書房）

【キリンメモ】　世の中で最も読みごたえのある短編集はどれかと聞かれたら、『大江健三郎自選短篇』（岩波文庫）を挙げたい。初期短編の『奇妙な仕事』や『飼育』に始まり、『「雨の木《レイン・ツリー》」を聴く女たち』など中期の連作から後期まで、全23作を収録。あとがきとして書かれた「生きることの習慣」は、作家が短編を書くときの心の動きが生々しく伝わってくる。ノーベル作家の文学の核にあるものを、多くの名短編から味わうことができる。

chapter

4

文学と生命

おじキリンのコラム ❹

この本のもととなる連載「現代×文芸名著60」は、読売新聞で二〇一九年四月に始まり、一年半かけて完結したものです。この連載を書籍化したいと考えたきっかけは、この前に行った平成の名著を振り返る連載「平成時代　名著50」を加筆して『本棚から読む平成史』を刊行したことでした。本を出版した後、「印税」なるものをいただき、主要執筆者と打ち上げと称してお酒を飲んだのですが、すごく楽しかった。また連載を書籍にすれば、おいしくお酒が飲めるのではないかと思ったのです。おじキリンは、最近はすっかり弱くなってしまいましたが、ビール、焼酎、ウイスキー、日本酒など、酒と名のつくものなら何でも飲んでしまう酔っ払いキリンです。（ご、ごめんなさい、そんな不純な動機だったのかと怒るマメダヌキ氏の顔が……）。

本当は小さな声で言うと、新聞の書評のページは普段、新刊を紹介しています。次から次に出る新刊に埋もれる中で、持ち重りのある名著を読者の方々と分かち合ってみたかったという気持ちもありました。

だけど、そのマメダヌキ氏を言いくるめて本を出し、この連載に関わった尊敬する執筆者の方々と印税でお酒を飲もうというおじキリンの野望は、新型コロナウイルスの出現で一瞬にして打ち砕かれてしまいました。ウイルスの感染拡大を防がなくてはならない現在、人との長時間の飲食は避けなくてはならない。それどころか、おじキリンは一応記者でもあるのですが、今までのように人と自由に会うこともできなくなってしまいました。記者は、研究者の方のように深い学識があるわけでもなく、作家のように人を感動させる文章力があるわけでもない。人の話をたくさん聞いて、集めた情報を原稿化することで一つの価値を生み出す存在です。その根底から存在を覆されてしまった。以前のように気を遣うことなく人と会えたらと思いながら、我慢してリモート取材をしたり、本を読み、原稿を書いたりする毎日を送っています。

新型コロナウイルスの蔓延によって痛切に感じたのは、人間は地球上の生命体に過ぎないはかない存在だということです。仕事をしてお金を稼ぎ、おいしいものを食べ、人と会って話をし、文化に親しむといった今までは当たり前のように思っていた生活は、小さなウイルスの存在によって簡単に崩れ去ってしまう。人が生きていくうえでは、何一つとして先が見通せることはない。「もののあはれ」「はかなし」「うたかた」など、日本の古典文学をひもとけば、人生の寄る辺なさを表現した言葉が数多くあることに気づかされます。二〇一一年の東日本大震災でも、私たちはどんな頑丈な建物を作っても一瞬で壊されてしまう近代の物質文明のむなしさを感じたばかりでした。私たちの生活は、改めてこのうえなく心細いものだったことを感じさせられます。

ただ、新型コロナウイルスも地球の生態系を構成する生きものの一つです。彼らにとっては、自分たちの勢力が増大して人間が困っているとしても、こちらはあるがままに暮らしているだけなのだから、一方的に嫌われても困ると文句の一つも言いたい気分なのかもしれません。ある生態系のバランスが崩され、特定の生きものが急激に増える事態が起きた場合、その要因を引き起こした側にも責任の一端はあるでしょう。私たちは相手の大小を問わず、この狭い地球で一緒に息をしている生きものの一員であり、謙虚に暮らしていかなければなりません。おじキリンである僕は、自分のことを本当のキリンだと思っていますが、サバンナのキリンのことを本当に同じ仲間だと心の底から思えているか。キリンだけではなく、ゾウやライオン、ヒョウをはじめそのほかのムシやアリ、細菌類、草木の一本まで仲間だと思えているか。自分が人間であると思うのが苦しいときだけキリンを持ち出す、都合の良いエアキリンにはなっていないか。コロナ禍の中で自問自答せずにはいられません。

繰り返しましょう。新型コロナウイルスがもたらしたものは、私たちが朝起きてから何げなく繰り返してきた普段の生活こそ奇跡であり、近代の文明を自在に操る存在だと思った自分は裸の王様に過ぎない事実でした。

この本の最後を飾る「生命を感じる」のパートには、この地上に今、自分が存在していること自体が、何か大きな存在から与えられた恩寵なのだと思えたり、人間と人間、あるいは人間とほかの生物が、この狭い地球を分け合って暮らしているのだと感じさせてくれる作品が並んでいます。これらの本から与えられた感覚は、私たちに広い視野を与えてくれます。たとえば、もしあなたが、今持っているものや場所を失ったら生きていけないかもしれないなどと狭い思い込みにとらわれてしまうようなことがあったとき、人はもっと大きなものの中で生きているのだから大丈夫だと、そっと包んでくれるでしょう。

コロナ禍で読む 村田沙耶香さんの小説

この後で取り上げる村田沙耶香さんの『しろいろの街の、その骨の体温の』は、東京郊外と覚しきニュータウンを舞台にした物語です。村田さんは一九七九年生まれ。人口が減少に転じ始めた今となっては遠い昔のことになりましたが、村田さんが子どものころはまだ人が増えていて、郊外のニュータウンの開発が進んでいたのです。作品の中には、長い休みが明けるたび、一クラスに十人もの転校生が増えたといった記述も出てきます。著者とおそらく同世代の少女を主人公にしたこの物語は、今よりほんの少し前なのに、もう遠い過去の時代を舞台にしています。

「この街のイメージカラーは白なんだよ」。思春期に差し掛かり始めた小学生の娘の結佳に父親が語った通り、街は白いものであふれかえっています。鉄道が延びた終点の駅も白色で、森を切り開いて作られた緑道は、指で触れるとコンクリートの白い粉がつく。子どもたちは白い靴下をはいて学校に通うのです。

自分の子どもが生まれれば、親たちは、自分の子だけは猥雑なものや煩わしいものからほど遠い環境で、安全に、のびのびと成長していってほしいと願うものです。でも、それは果たして子どもたちにとって暮らしやすいものなのか。恵まれた住環境を与えられながら、結佳はひどく息苦しそうです。結佳は、白い街から逃れるようにして、同じ習字教室に通う男の子とキスし、彼がいつまでも子どもで、自分のおもちゃでいてくれることを願います。

物語を読んでいるおじキリンが今、新型コロナウイルスで思うように暮らせない渦中にいるからなのでしょうか。山や森を切り開き、造成されて白い街へと変わってゆくニュータウンの描写は、何かのウイルスに感染し、苦しみ、急速に死に向かっている自然の姿のようにも見えます。たとえば、この冒頭の一文です。

遠くから、この街が、ゆっくりと膨れていく音が聞こえる。

「この街」の言葉を「ウイルス」と置き換えてみましょう。

(遠くから、ウイルスが、ゆっくりと膨れていく音が聞こえる)。

白い世界は少しずつ広がって、完成へと近づいて行く。

作中の一文の「世界」を「ウイルス」と置き換えてみます。

(白いウイルスは少しずつ広がって、完成へと近づいて行く)。

これは作品を、自分の読みたいように読み換えているだけなのかもしれません。この原稿を書いているのは、十月の土曜の秋の午後です。本来ならば文学イベントのシーズンで、キリンはおじさんにも関わらず年甲斐もなくイベントをあちこちのぞいて、人見知りのくせに顔見知りに会ったらうれしくなって、長い首をだらしなく伸ばして、誰かにしまりのない話を延々とつきあってもらって、戸惑わせていたはずです。本来は子ども部屋になるはずだった狭いマンションの一室を占拠して、淋しい気分で原稿を書いている状況が、こんなつまらない空想に誘うのかもしれません。

けれど、もしかするとこのようにも思うのです。大きな山を勝手に切り崩し、森の木を切って街路樹を植え、細い野川を柵で覆って排水溝にし、公園やスーパーや家を建ててゆく、人間の営みこそ、地球からみれば自然のバランスを壊して急激に増殖してゆくウイルスのようなものではないか。自然の草木の緑色、空の青色、土の茶色には、人間を無意識に癒やす効果があると言われます。地球上の全ての命にとって大切なものを損ない、形を変え、人間というウイルスは、白っぽい街を作り上げてしまっている。白は一見、清潔そうであっても、目に負担をかける色だとも言われます。親たちにとって、美しく、理想的な子育てができるはずだった街は、子どもを静かに蝕んでゆく環境なのかもしれません。実際、結佳は、少しずつ大人になってゆく体の変化に敏感になり、互いの小さな違いを見逃さない女子たちの視線におびえます。

新型コロナウイルスの感染拡大が収まらない中で最もつらい思いをしているのは子どもたちです。長い間、学校に通うことができず、授業が再開したとしても、以前のように子ども同士で転げまわって遊ぶようなことは、感染の恐れがあるからと、できるだけ避けられるようになりました。修学旅行をはじめ様々な行事が中止になり、淋しそうにしている子どもたちも多くいます。

自然界が人間にもたらしたコロナ禍、人間が地球を傷つけるようにして作り上げた白い街。形は違っていてもいずれのできごとも、地球の本来のバランスを崩して急速に増殖している。そのウイルスのような存在は、この世の中に歪みをもたらし、弱い存在である子どもたちに深い傷を残しています。

けれどこの小説は、たとえ子どもたちは傷つけられたとしても、そこから回復する力が生まれつき備わっていることも描かれています。結佳がつたないキスを初めて男の子と交わすときの、絡み合わせた舌の赤い色。初潮を迎えた結佳がトイレの個室で泣きじゃくっていたとき、同級生が投げ込んでくれたハーフパンツの青い色。白いものが広がってゆく病んだ世界に子どもたちは苦しめられながら、脱色した世界から鮮やかな色を取り戻す術も知っています。女の子が少女へと変化してゆくこの物語は、平成の初めに少女時代を送った作家の生命賛歌の一編でもあります。

村田さんは、この作品で二〇一三年の三島由紀夫賞を受けた三年後、『コンビニ人間』で芥川賞を受賞します。『しろいろの街の、その骨の体温の』で、白いものがウイルスのように蔓延する世界を描いた作家が、『コンビニ人間』で紡ぎ出したのは、この世の中に自然には存在しない、乾いた人工音や電子音がウイルスのように広がっている世界です。

> コンビニエンスストアは、音で満ちている。客が入ってくるチャイムの音に、店内を流れる有線放送で新商品を宣伝するアイドルの声。店員の掛け声に、バーコードをスキャンする音。かごに物を入れる音、パンの袋が握られる音に、店内を歩き回るヒールの音。

けれど、三十六歳になった村田さんのこの小説の主人公、古倉恵子はもう、病んだ世界に対して傷つけられ、秘かな反抗をもって生き延びるだけの存在ではありません。もっとしたたかに、この不自然な環境を逆手に取って現代をサバイブするのです。近年、細菌の中に悪玉と善玉があるように、ウイルスにも病気を引き起こすだけでなく、人にとって良い働きをするものがあることが分かってきたそうです。『しろいろの街の、その骨の体温の』が、人間に備わる回復機能を表現したとすれば、『コンビニ人間』は、人間はどんな環境でも生きてゆける適応能力があることを、朗らかに歌い上げたのかもしれません。

村田さんの奔放な想像力は、一人だけで生まれたわけではありません。日本の現代女性文学には、津島佑子さん（一九四七〜二〇一六年）の短編集『電気馬』や松浦理英子さんの『親指Pの修業時代』など、奔放に想像力を働かせて書かれた作品が数多くあります。その流れの中で、この自由な作品も生まれたのではないでしょうか。

記憶が人を生かす

コロナ禍で今までのように人と会ったり、夜にお酒を飲んだりできなくなったおじキリンは、会社帰りや時には家をこっそりと抜け出して、夜の公園でビールを一人で一本飲むようになりました。東京には大小様々な公園がたくさんあって、夜遅い時間にはあまり人もいません。もしいたとしても、都会人のたしなみなのか互いに気遣って誰も邪魔をしてくることはありません。

中年になってしまったおじキリンは、もう一人でお酒を飲んでいるときは、ビールを早いピッチで飲むことができません。一口飲んでは苦しいとつぶやき、少しずつ空けてゆきます。アルコールの酔いが回る効率もすっかり良くなって、一缶の半分も飲むと頭の中が朦朧としてきます。そして、色々なことを思い出すのです。取材先で言われたあの言葉、会社の先輩が言ってくれたあの助言、取材相手と一緒に移動したときの車窓の風景、亡くなった作家の葬式の様子、知り合いの女性作家の結婚式の情景……。

酒の肴は、過去の思い出です。なぜなのでしょうか、記憶とは時間がたつと嫌なことや、不純物のようなものが取り除かれ、浄化されて美しい結晶となっている。人間にとって過ぎた時間とは、懸命に今を生きる自分へのプレゼントなのかもしれません。

優れた文学作品には、この記憶が人間を生かすという真実が、様々な形に変奏されながら表現されています。たとえば、小野正嗣さんの芥川賞受賞作『九年前の祈り』です。物語の舞台は、九州と覚しきリアス式海岸の海辺の小さな町です。三十五歳になったさなえは、夫のフレデリックと別れ、この故郷の町に幼い息子の希敏とともに帰ってきます。過疎が進み、老人が増え、町の中心となる基幹産業も見つからず、かつては郡部だった町は合併されて市となってしまった。年老いた親のもとに帰ってきたさなえの状況には一見、出口がありません。しかも、幼い希敏は時々、「引きちぎられたミミズ」のように大騒ぎし、普通の子より手がかかるのです。

でも、その彼女には宝物のような記憶があります。日本が高度経済成長やバブルの狂乱を経た後、落ち着いて成熟した文化を築こうとしたころがありました。その当時は、多くの人がバブルが弾けて不景気に向かう世相の中にいると思っていたけれど、あれは長い下り坂が続く中で最後のひと息をつけた時代でした。地方の市町村の中には、まだ少しだけ余裕があったお金を使い、独自に国際交流を進めようとしたところがあったのです。さなえたちはＪＥＴプログラムで町にやってきたカナダ出身の若者に連れられて女性七人でカナダのモントリオールに向かったのでした。さなえを除けば、ほかのメンバーは中高年の女性ばかり。彼女たちはそれぞれに事情を抱えながらも、旅の間は常に明るいのです。見慣れない食べ物を見れば、「こげなもんが食わるるんかーい?」と方言を丸出しにして言い合い、地下鉄に乗ると手をつないで「そうじゃ、放したらいけんど!」と、辺りの人にかまうことなく大きな声を上げるのでした。

この小説がいつごろを舞台にしているかは分かりませんが、平成の大合併が二〇〇五から〇六年ごろにピークを迎えたことから考えれば、合併前の小さな自治体が最後に独自の輝きをみせられたその少し前のころの話のように見えます。さなえたちの一行による不思議な外国旅行は、地方にお金が行き届いた時代のはかない打ち上げ花火だったのかもしれません。日本の財政が構造的にうまく回らなくなり、地方にお金がゆかなくなったとき、真っ先に切られたのは国際交流や文化行政の分野でした。

それどころか、やがて地方では大合併によって、かつて多くの人がそれぞれに自主性を持って働いていた各地の役場が、閑散とした大きな市の出張所になってゆきました。もちろん小さな市町村は非効率だったし、財政は国の交付金頼みで、組織が小さいため空気がよどみ、不正の温床になることも多かった。けれどいざ役場がなくなってみると、地方の働き口が減って、ますます過疎化に拍車をかけたようにも見えます。

社会や地域の姿は、その時々の国の大きな施策に影響され、移ろってゆくものです。それは、その時々の人が限られた状況の中で一生懸命に考えた末の結果だから仕方がない一面もあるでしょう。ですが社会は変わっても、人がほかの人から与えられた良き記憶は、決して移ろうことがありません。さなえより年長だったこの旅の仲間の女性たちは、もしかするともう体が思うように動かなくなったり、場合によっては亡くなったりしているかもしれません。しかし、彼女たちがさなえにかけてくれた言葉、直接には口にしなくても示してくれた態度は、さなえの中で声となり、太い心の柱となって生き続けるのです。人から与えられた温かな感情は、誰か見知らぬ人間と出会ったとき、未知の者に遭遇した不安よりも、これから起こる新しい体験から受ける喜びの方へと人の意識を向かわせるでしょう。つまり、記憶とはこの世の人と人を結びつけるものなのです。

多くの小説が記憶といったものをテーマにしているのは、このためです。田中慎弥さんの『共喰い』をはじめ、自分と交流のあった文学者の記憶をつづった瀬戸内寂聴さんの『いのち』や島田雅彦さんの『君が異端だった頃』など、このパートには人間の記憶を扱った名作が多く入っています。記憶とは、もっと大きく読み換えれば歴史ということになるでしょう。第二次世界大戦の知られざる悲劇を掘り起こした浅田次郎さんの『終わらざる夏』や、戦後の日本と朝鮮半島の間で翻弄された人々の秘話をつづった伊集院静さんの『お父やんとオジさん』などの作品も、人間の生命の輪郭を大きくする大切な作品です。

豊かな空想の世界

この世に常なるものは何もないことについて、やりきれない気持ちに取りつかれたとき、自分を助けてくるものは記憶のほかにもあります。それは、ここではないどこか別の世界を想像する空想力ではないでしょうか。人はこの場所でしか生きることができないと思い込むと、狭い世界に追い込まれて生きるのが苦しくなってくるものです。息が詰まりそうになったとき、ふと周りを見回して一息つけるかどうかが、本当のどん詰まりに追い込まれるか、追い込まれないかの境目になることはよくあります。

その余裕を与えてくれるものの一つが、文学作品です。日本のファンタジー作品が、国際的に評価されていることはよく知られています。児童文学のノーベル賞と呼ばれることもある国際アンデルセン賞を二〇一四年には、「守り人」シリーズや「獣の奏者」シリーズで知られる上橋菜穂子さんが、一八年には「魔女の宅急便」の角野栄子さんが受賞しました。

これらは、大きな架空の世界を作り上げて、読む人に自分が住む世界とは異なる世界が世の中にあり得ることを思い起こさせる作品です。一方で、人の心に目を向ければ、実は人間の心の中にこそ、自分でもまだ知らない、もしくは一生知らないかもしれないもう一つの未知の世界があります。空想や奇想といったものが、文学から切り離せないのはこのためです。本谷有希子さんの『嵐のピクニック』は、人間の空想する力を、常識や通念の檻から解き放って縦横に踊らせたような短編集です。

カーテンの膨らみが気になる女性、抱き締めると体が折れそうなほど華奢な恋人に決闘を申し込まれた男性、しもやけになった足の小指と薬指をくっつけ、「袋とじ」状にしたいと突然言い出した恋人——。ここに出てくるのは、思いもかけない行動を取る人たちや出来事ばかりです。次々と繰り出される短編群は、自分の過ごしている日常が決して揺るぎないものではなく、異世界への破れ目があちこちにあるものだと気づかせてくれます。それらは、どんな閉塞感を抱えた人間であっても、この世は移ろい、ある日突然に思いがけない新しい場所に導かれることがある可能性を持った存在であることを示す福音でもあるのです。

私たちの中には今、世の中が移ろってゆくものだといった感覚が一層強まっています。東日本大震災が二〇一一年に発生し、東北地方の沿岸部が大きな被害を受けたことは、きっといつまでも忘れられない。自分が愛する風景に永遠のものではないといった思いは、知識としてではなく、より切実な実感となりました。おじキリンを津波の激しかった東北の沿岸部に車で案内してくれた知人は、「復興とは、自分の生まれ育った町が元の姿に戻ることだと思っていた」と言いました。「でも、それは違っていた。たとえがれきが除去され、道路が通り、人通りが戻ったとしても、町は、昔と全く違った新しい町として生まれ変わるのだ。自分の愛した風景は戻らない」。数メートルも土地をかさ上げし、高台に多くの人が移り住んだ町を見れば、そう思わざるを得ません。

　私たちは、いつだって自分の愛した土地、風景が一瞬にして失われてしまうかもしれない世界を生きている。その瞬間に、今まで社会の底に押し沈められていた矛盾や混乱があらわになり、一層、人々を厳しい状況に追い込んでしまうかもしれない。何かを失った人と失わなかった人、大切なものを損なわれたと思う人と思わなかった人との間で、断絶が広がってしまうかもしれない。けれど、大切な人との温かい記憶があれば生きてゆくことができる。たとえ隘路のような場所に迷い込んだり、自分の生命が冷たい氷の中で凍ってしまったように感じられたりしても、時間をかければ必ず開けた、もっと風通しの良い場所に立つことができる。もう二度と信用できないと思った相手にも、自分と同じ血が通い、心があるのだと感じ取ることができ、もう一度信じてみようと思うことができる。「生命を感じる」で紹介する文学作品は、これらの大切な真実を思い起こさせ、僕たちの生きる杖にもなってくれるはずです。

最後に

　優れた文学作品が様々な形で生命のきらめきを切り出してくれるものだとするならば、究極的なメッセージはどんな形であっても、みんな何とか毎日を生きのびていこうという呼びかけなのかもしれません。

　小説にかかわる原稿で、「メッセージ」の言葉は通常、使ってはいけないことになっています。小説はその世界を丸ごと受け取るものであって、もしそこに「メッセージ」が補助線として簡単に一本引けるようなものならば、それはきっと総体として複雑さや奥行きに欠けた底の浅い作品であるはずだからです。でも、ここまで書いているうちに、一体誰に向かって何のために書いているか分からないこの長い前置きを書いているうち、ここで取り上げられた現代文学の名著六十冊は、直接であれ、間接であれ、一緒に生きてゆこうという言葉を発しているのだと分かってきました。

　生命のパートで最後に取り上げた作品、つまりこの本で最後に取り上げる作品は、[illegible]

姉妹』です。一九八七年に「キッチン」で海燕新人文学賞を受賞してデビューし、翌年に出版された同作が大ベストセラーになって以来、三十年余り現代文学の第一線で活躍し続ける作家の作品です。『キッチン』の冒頭の一節は、あまりに有名です。

> 私がこの世でいちばん好きな場所は台所だと思う。
> どこのでも、どんなのでも、それが台所であれば食事を作る場所であれば私はつらくない。できれば機能的でよく使い込んであるといいと思う。

　現在のように、新しいマンションには小洒落た白いキッチンが備えられているようなころではありません。下水設備だってまだ今ほど整ってはいなかったし、すえた臭いがするような、狭いキッチンだって多かったかもしれません。その時代に、自分が一番好きなのは台所だと言い切る女性は、少し変わった感受性の持ち主と言えるかもしれません。吉本さん（この作家には、「よしもと」さんと「吉本」さんの時代があります）は自ら、「感受性の強さからくる苦悩と孤独にはほとんど耐えがたいくらいにきつい側面がある。それでも生きてさえいれば人生はよどみなくすすんでいき、きっとそれはさほど悪いことではないに違いない」などと、文庫版のあとがきで読者に向かって語りかけています。

　吉本さんの驚くべきところは、このあとがきに書かれた主題が、どんな作品にもぶれることなく貫かれていることです。どの作品にも多く出てくるのは、強すぎる感受性や美意識のためにある生きづらさを抱えた人たち。大きな宝石の原石を心の中に抱えているのに、それらを紙に包む器用さもなく、裸のまま外の空気にさらし、あちこちに生傷が絶えないピュアな人たちです。自分を持てあまして、苦しんでいる人とも言えます。彼らに、そのまま生きていていいのだと、そっと優しくささやきかけてくれるのです。

　この本で取り上げる『どんぐり姉妹』は、まさしくそのような作品です。

> 私たちはどんぐり姉妹です。
> このサイトの中にしか存在しない姉妹です。

　不思議な文面をインターネット上に掲げる謎の姉妹。姉の名前は、どん子。妹の名前はぐり子です。突然の交通事故で両親を亡くし、姉妹で手を取り合って生きてゆくことになった二人は、育てられたおじいさんの介護も立派にやりとげました。その二人は介護を終えて自由な時間ができたとき、ふとネット空間上にしか存在しない姉妹ユニットとなって、誰かと小さなつながりを持ちたいと願っている人たちと言葉のやり取りを始めるのです。

　姉妹の名前の由来は、生まれた病院の

裏庭にどんぐりがいっぱい落ちていたこと。お父さんは、妻が産気づいて分娩室に運ばれるたびに、気持ちを落ち着けるためどんぐりを拾い続け、その二回のどんぐり拾いが人生の中で最もすばらしい時間だったそうです。

　かといって、かわいい娘にセットで、どん子、ぐり子と名づけるでしょうか。この変わった名前をつけられた時点で姉妹は、世間の常識と、自分の感受性が食い違った場合には、自分の感受性を優先させなさいと無言のメッセージを送られているように見えます。

　その姉妹のもとに、数々の相談がメールで送られてきます。

　家に病人がいて、家族で旅行に行けなくて、悲しいのです。　……ミミ

　夫が事故で死んでしまってから、一年になります。……なにを見ても、どこに行っても思い出がいっぱいで、泣いてばかりいます。　……やすみ

　一日で多いときは百通、少ないときは二十通くらい、姉妹は少し力の抜けた調子でそれぞれのメールに返事をしてゆきます。でも一人がどんなに多くのメールを出しても一日一通しか返さないのが決まりです。

　どん子とぐり子のメールは長いでもなく、短いでもなく、適切な助言をしてくれるわけではない。おじキリンがサバンナで聞いた仲間たちの低い声のようです。誰かが低くひと鳴きすると、聞いているのか聞いてないのか誰かがひと鳴きする。何を言ってくれているわけでもないけれど、近くに仲間がいることで安心できる。今夜一晩だけはライオンに襲われずに生きていけるかもしれないと安心させてくれるあの声に、姉妹のメールは似ています。

「ミミ」とか「やすみ」とか、どん子とぐり子と同じように、メールの差出人の名前が優しい響きであり、少し個性的なこともとても大切です。もし自分が人とは少し違うと思ったとき、自分が少数の側にいることばかりを見てしまうと視野は狭まってしまいます。それより、世の中は広いのだから似たような物の感じ方の人がいるかもしれないことに目を向ければいい。感受性が違いすぎる人と無理につき合って自分をすり減らすより、ほどほどの距離を取って分かり合える人とともに時間を過ごせばいいことを教えてくれるのです。

　ネット空間を隔ててつながり合うどんぐり姉妹と相談者たちの物語を今読み返したとき、新型コロナウイルスの時代に様々なリモートシステムを使ってつながり合う人のことを思い出してしまうことは仕方ありません。この長すぎるおじキリンのひとり言の中でも、作家の方々が書かれた大切な小説を勝手に読み替えることを繰り返してしまいました。優れた名作とは、物語の内容を超えて読んだ人

にそのときの状況に合わせ、勝手な想像を膨らませる懐の深さがあるものなのでしょう。どんぐり姉妹は決して、相談者の誰とも直接顔を合わせようとはしない。それどころか、恋の燃え上がり始めるその「はじめ」だけが好きで、すぐ別れてしまうどん子も、あまり外に出かけないタイプのぐり子も、大好きだったおじいさんが亡くなった後では、誰とも永続的な関係を持つことができなさそうです。でも、電子メールを通して確実に、自分たちを必要とする誰かとつながっています。

新型コロナウイルスで、多くのことが以前のように思うようにできなくなってしまいました。もしすばらしい薬やワクチンができたとしても、これから僕たちが住む世界は前と全く同じようにはいかないのかもしれません。でもよく考えてみれば、生きている社会や状況だけではなく、自分自身の中にも思うようにならないことはあふれているのです。失われていくこと、できないことばかりを見つめるのではなく、自分が今できていること、小さくてもこれから新しく生まれそうなものに向き合っていくことが、この世の中を生きていくうえで大きな力になるのかもしれません。

おじキリンの長い前置きは、これで終わりです。自分はキリンではないか、またはゾウやライオンではないかと思うとき、僕たちは、世界から遠く隔てられているような気がします。楽しそうに話をしている同級生たち、飲み会で盛り上がっている仲間たちを遠目で見ながら、またはその中にいるときであっても、心のどこかで違う場所にいるようで淋しくて仕方がなくなります。自分はみんなの側にゆけない存在なのだ。そもそも、生物としての種類が違うのだとさえ思ってあきらめてしまいます。

でもこの六十冊の一冊ずつに触れてゆくうち、その悲劇ぶった自分の振る舞いには満足できなくなってゆくはずです。小説の中に出てくる一人ずつの人間それぞれに物語があり、自分の中にそれらに感動することができる生命が備わっていると気づいたとき、自分と他人を隔てる深い川を越えて、目の前に広がっている世界の方に近づいてみたいと思うようになるのではないでしょうか。

その細く、頼りない前足を大きく上げて、一歩、前に踏み出すときです。

参考文献一覧

川村二郎『感覚の鏡　吉行淳之介論』（講談社）

吉行淳之介『娼婦の部屋　不意の出来事』（新潮文庫）

『聖書　聖書協会共同訳』（日本聖書協会）

ドストエフスキー、工藤精一郎訳『罪と罰』（新潮文庫）

長田弘『奇跡—ミラクル—』（読売新聞2010年4月2日朝刊）

『長田弘全詩集』（みすず書房）

兼好法師、小川剛生訳注『徒然草』（角川ソフィア文庫）

多和田葉子『エクソフォニー』（岩波現代文庫）

ラブレー、渡辺一夫訳『第一之書 ガルガンチュワ物語』（岩波文庫）

ラブレー、宮下志朗訳『ガルガンチュア　ガルガンチュアとパンタグリュエル1』（ちくま文庫）

『新編　日本古典文学全集・井原西鶴集』（小学館）

季刊誌『考える人』2010年夏号（新潮社）特集　村上春樹ロングインタビュー

selected literature

45

ピアノ競演　響き合う個性

『蜜蜂と遠雷』恩田陸 著

頭の中に音楽が鳴る。ホールの緊張、ピアノの旋律、演奏者の息遣い、そして熱狂。ピアノコンクールの予選から本選までの二週間にわたる闘いが描かれた『蜜蜂と遠雷』は、文字だけで音楽体験を可能にする稀有《けう》な小説作品である。

国際ピアノコンクールに多様な才能が集結する。正規の音楽教育を受けずに天賦の才で人々を魅了する少年、復活を目指す元天才少女、名門ジュリアードの貴公子、妻の協力を得てラストチャンスにかける最年長者……。彼らの多くは並ならぬ練習を重ね、自分を追い込んできた。それでも音楽の神に愛されるには努力以外の何かが必要となる。

実際のコンクール同様、課題曲のセレクトが各人の個性を物語る。二次選考のエチュードでは技巧に溺れる者も緊張にのまれる者もいる。それぞれの技量や傾向、背景があらわになるが、とくに（架空の）課題曲「春と修羅」へのアプローチの描き分けは見事だ。養蜂家の子である少年は東北の自然の猛威を激しく表現し、元天才少女は亡き母の温かな面影を幻視する。その色調の違いがたしかに耳に響いてくる気がするのだ。

　演奏者は心情を吐露し、ライバルたちの演奏を優れた耳で解釈し、審査員は自らを懸けて採点する。視点人物がたえず入れ替わることで音の表現の仕方も変わり、本作の大部分をしめる要の演奏シーンを一瞬も飽きさせない。また「オリジナリティなんて言葉、ある意味幻想」や「限られた生を授かった動物が、永遠を生み出すことの驚異」など、音楽に限定されない普遍の芸術論が展開され、全体をぴりっと引き締める。

　尊敬しあう若者たちの芸術愛を謳《うた》い上げると同時に、業界のシビアな競争原理も示した本作。著者の小説観もかいま見える。意欲作にして傑作のひとつだ。

（江南亜美子・書評家）

2016年刊
現在は幻冬舎文庫

おんだ・りく　１９６４年、宮城県生まれ。１９９２年、『六番目の小夜子』でデビュー。２００５年、『夜のピクニック』で本屋大賞、『中庭の出来事』で山本周五郎賞。『蜜蜂と遠雷』では、直木賞と2度目の本屋大賞を受賞した。

selected literature

46

災厄からのしぶとい再起

『空にみずうみ』佐伯一麦《かずみ》著

聡明《そうめい》で思索好きの青年は、地元仙台の名門高校を卒業すると、思うところあって進学せずに上京した。若くして父親になり、いくつかの職を経験した後、電気工として勤務。しかし、運命は過酷だった。自分も子供も心身の不調にみまわれる。離婚を経験し、自殺未遂も起こした。

私小説作家として若き佐伯一麦が描いたのは壮絶な人生航路だった。しかし、そこに読めるのは降りかかる災厄をひたすら耐え忍ぶ姿ではない。むしろ逆だ。佐伯の主人公はつねに挑戦的である。逆境にあってもこだわりを捨てず、希望を持ち、戦略を立て、ストイックに眼前の仕事に打ちこむ。

もちろん敗北感に打ちひしがれることもある。しかし、敗北からのしぶとい再起の道程にこそ、佐伯一麦の文学の魅力はある。『空にみずうみ』の連作はそんな回復の日々を、東日本大震災後の東北地方を舞台に、みずみずしい文章で描き出す。

中高年の域に達した彼は、持病の喘息《ぜんそく》にとどまらず、電気工時代に大量に吸いこんだアスベストによる肺の不調をはじめ、数々の失調に苦しめられている。もはや無理はきかない。それでも主人公は、新しい伴侶を得て穏やかな生活を送りつつある。

草花、動物、虫など自然の風景に注がれる観察眼は、伝統的な私小説の系譜にもつらなるが、佐伯の個性が本当に出るのは、太陽の側に虹が出る「環水平アーク」なる現象を話題にするあたりの、探究的な視線だろう。

樹木、蛇、ミソ、勉強机と等身大の日常風景を支える事物に生命の力と詩情を見いだしつつ、さらに身を乗り出し、自ら手を動かしながら世界の懐に入ろうとする主人公には、たくましい古代人の風情さえ漂うのである。

（阿部公彦・英文学者）

2015年刊
現在は中公文庫

さえき・かずみ　1959年、宮城県生まれ。高校卒業後、電気工をはじめ様々な職につきながら、1984年『木を接ぐ』で海燕新人文学賞を受けデビュー。私小説を多く執筆し、『鉄塔家族』で大佛次郎賞、『ノルゲ』で野間文芸賞を受賞している。

selected literature 47

日常脅かす危機　どう抗う

『神の子どもたちはみな踊る』村上春樹 著

　村上春樹の『神の子どもたちはみな踊る』は六篇《へん》から成る短篇集だ。一九九五年一月に起きた阪神・淡路大震災、さらに同年三月にオウム真理教の教団によって引き起こされた地下鉄サリン事件の衝撃が、本書の底を流れている。

「アイロンのある風景」の舞台は、茨城県のある町。順子と三宅さんは焚《た》き火の時間をともに過ごす仲間だ。海辺で流木を拾って、焚き火をする。ときにはウィスキーを飲みながら。「こうして火を見ていると、わけもなくひっそりとした気持ちになる」と順子は語る。三宅さんは、じつは神戸に家族がいるらしい。東灘区。焚き火が消えたら、どうなるのか。小説を構成するその文章は、過不足のなさという点で比類ない姿を見せている。

「かえるくん、東京を救う」では、片桐の前に現れたかえるくんが東京の大地震を予言する。それを阻止するため、一緒に地下に潜ってみみずくんと闘うようにと、かえるくんは説得を試みる。「あなたは筋道のとおった、勇気のある方です。東京広しといえども、ともに闘う相手として、あなたくらい信用できる人はいません」。とうとう片桐は計画の実行に加わる約束をする。恐ろしさとユーモアとせつなさが混ざる。現代に生きる者の胸に迫る、特別な一篇だ。

単行本化の際に書き下ろし作品として収録された「蜂蜜パイ」の淳平は西宮出身だ。地震男、小さな箱。これからのことを思い描く、という終わり方で、連作の最後にふさわしい。

日常を脅かす出来事や制御不能な力がもたらす危機を、暴力と呼ぶとして、それらにどう抗《あらが》い、さまざまなレベルで生じる傷をどう受け止めるのか。この本には生命の根底へ下りていくような深い力がある。

（蜂飼耳・詩人）

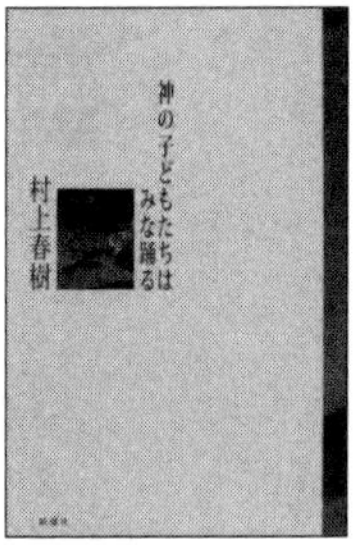

2000年刊
現在は新潮文庫

むらかみ・はるき　1949年、京都府生まれ。ジャズ喫茶を営んでいた1979年、『風の歌を聴け』で群像新人文学賞を受け、デビュー。『ねじまき鳥クロニクル』で読売文学賞。サリンジャー『キャッチャー・イン・ザ・ライ』などの翻訳も。

selected literature

48

変貌遂げる女性たち

『嵐のピクニック』本谷有希子 著

カーテンの膨らみの後ろに隠れているのは何か。嵐のなか必死に傘にしがみつく男はいつ空高く舞い上がっていくのだろうか。読後しばらくはそんな不安や期待を胸に現実世界と向き合う覚悟が必要だ。

本作に収録された十三編は様々な境遇の男女（と一匹の猿）に語られるが、存在感が際立つのは女性たち。夫のプライドが傷つかないように言葉を選ぶ妻も、試着室に籠もる客に徹夜で対応するセレクトショップの店員も、女性たちは常に他者の心へと想像を巡らす。

一方、男性たちは目の前にあるものさえ見えていないこともしばしば。「難しいことはあまり分からない」と繰り返し、猿山の外の世界に一切興味を示さないのは動物園の猿だが、他の男たちも自分の世界にどっぷり浸っている。男女の会話はなかなか噛《か》み合わない。まわりが期待する理想の女性像に抗《あらが》うように、孤独な女性たちは様々な形で変貌《へんぼう》を遂げていく。肉体改造を通して「野獣みたい」な腕とハッピーエンドを手に入れる者もいれば、突然不可解な病を患い悲惨なラストを迎える者もいる。

バリエーション豊かなこの短編集の最大の魅力は、その奇抜な想像力と国境をも越えるユーモア。収録作品の多くが英語圏で発表された際に「風変わり」「シュール」「コミカル」などと評されたのも不思議はない。だが、描かれている出来事がどんなにぶっ飛んでいても、呼び覚まされる感情はとてもリアルだ。

劇作家でもある著者は、青春ドラマやビデオゲーム等でお馴《な》染《じ》みの設定も巧みに小説に取り込む。特にB級映画を想起させる作品は、メディアで反復されてきた女性像に対する批評としてもエッジが効いている。気軽にピクニックに持っていけるような一冊ではない。

（辛島デイヴィッド・翻訳家、作家）

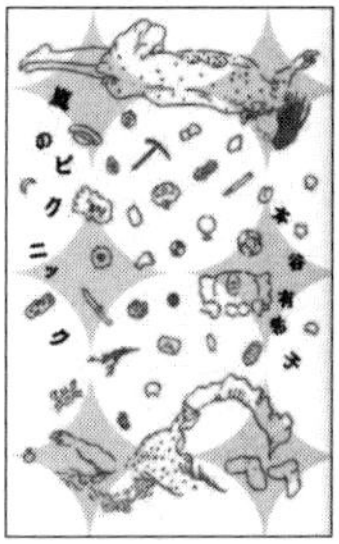

2012年刊
現在は講談社文庫

✎もとや・ゆきこ　1979年、石川県生まれ。2000年に「劇団、本谷有希子」を旗揚げし、作・演出を手がける。『嵐のピクニック』で大江健三郎賞、『自分を好きになる方法』で三島由紀夫賞、『異類婚姻譚』で芥川賞を受賞している。

selected literature 49

朝鮮戦争　決死の家族救出

『お父やんとオジさん』伊集院静 著

これは著者の父の経験を基に執筆された物語である。今から半世紀以上前、義理の弟である「オジさん」の命を救うため、「お父やん」はたった一人で戦地へ密入国する。日本から故郷である朝鮮半島へ――。

「ボク」の父と母は在日コリアンで、戦時下の日本で出逢《あ》い、家庭をもった。終戦後、母方の祖父母と叔父は、朝鮮半島にある故郷の村に帰国するが、朝鮮半島は間もなく戦禍に呑《の》みこまれてしまう。混乱の中で戦闘に巻き込まれた叔父は、命辛々故郷の村へ逃げ帰ったが、今度は村人から密告者として命を狙われる。叔父は、祖父母が庭の鶏小屋の下に掘った狭い穴倉《あなぐら》の中で、何か月もの間、身を隠すことを余儀なくされる。家族の救出のため、戦闘の続く朝鮮半島へ単身乗り込んだのが「お父やん」、つまり「ボク」の父親だった。

「そこは遠い所なの？」

「そんなに遠くはないけど……、近くて遠い所だわね」

母は水平線の彼方《かなた》を眺め、幼い「ボク」に告げる。

近くて、遠い。知っているようでいて知らない。第二次世界大戦後、朝鮮半島が南北に分かたれ、現在も休戦状態にあることを私たちは知っている。しかし、そのただ中にある人々の想《おも》いや暮らしを果たしてどこまで知っているのだろうか。

若さと実直さ故に戦争に深く関わってしまう「オジさん」、祖国で偶然出逢った人々の助けを得ながら義弟を救わんとする「お父やん」、そして夫の無事を願って家族を守る「お母やん」を通して、読者は戦争に突入していく朝鮮半島と戦後を生きる日本の人々の姿を身近に見ることになる。どんな不条理な状況下でも、生きるため、家族のため、誰かの家族である人間のため、懸命に生きようとする逞《たくま》しい命。人の生きようとする姿に国境はない。


（澤西祐典・作家）

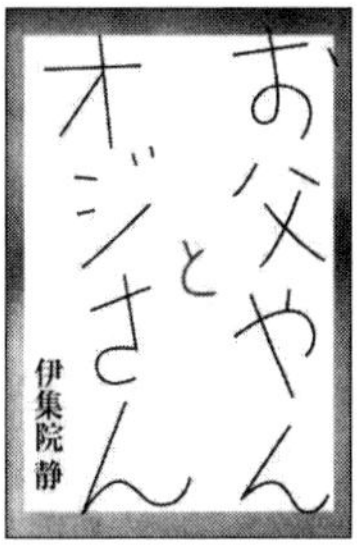

2010年刊
現在は講談社文庫

いじゅういん・しずか　１９５０年、山口県生まれ。１９９１年、『乳房』で吉川英治文学新人賞。『受け月』で直木賞、『機関車先生』で柴田錬三郎賞、『ごろごろ』で吉川英治文学賞を受賞している。野球を扱った小説の名手としても知られる。

五感で向き合う科学者

『真昼のプリニウス』池澤夏樹 著

天変地異や飢饉《ききん》や疫病の蔓延《まんえん》が起きるたび、ひとはその体験を後世に伝えてきた。映像記録媒体がない時代は、文字にして。それもなければ口承で。神話の語りは科学の起源ともいわれる。人間は、世界をどう語ってきたのか。本作はそこをさぐる小説だ。

火山学者の頼子は、弟に紹介された広告業の門田から、構想中の電話サービスについて相談される。「シェヘラザード」と称されるそれは、電話をかけるたび短い小話がランダムに流れ、一時の無聊《ぶりょう》をなぐさめる仕組み。門田はそのお話のネタを頼子にねだるのだ。

有用性の乏しさの指摘に彼はこう言う。「人は意味や意義や目的や効率に飽きているんですよ」。無意味な知的営為という点に頼子は興味を持つ。火山学者として、地球を何万年単位の時間感覚でとらえる彼女もまた、現代的な効率主義に疑問を感じていたからだ。

一方、仕事で、天明三年の浅間山噴火を伝承した市井の女性の手記を読み、整合性をつけすぎる「物語」の危うさにも思い至る。
「なぜあなたはあの手記を書いたのですか？」「それは、怖いからです」
言葉にしなければ、無秩序で圧倒的に強大な世界の様相を、人間が把握することなどできない。世界に対して畏怖の念を持つこと。頼子は「物語」の力の考察を通じて、門田の欺瞞《ぎまん》にも気づいていくのだ。

理知的で科学の頭脳で生きてきた頼子が、非科学的で直感的な、世界との関わり方に蒙《もう》を啓《ひら》かれる、意識の変化が繊細に描かれる。長年煮え切らない関係にある恋人との未来図も、観測データには表れない火山の胎動にも、頭でなく五感で向き合ってみたならば？

刊行から30余年。本書は、いまの世相を読み解く上でも、ヒントをくれる。

（江南亜美子・書評家）

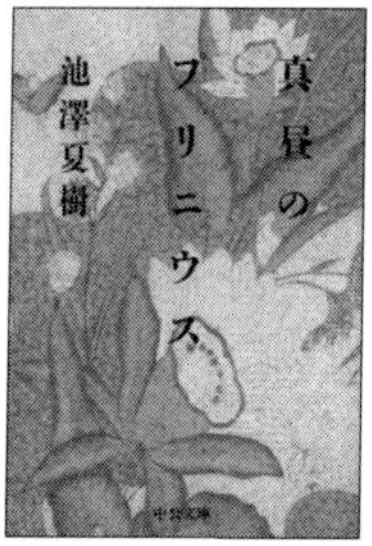

1989年刊
現在は中公文庫

いけざわ・なつき　1945年、北海道生まれ。1988年、『スティル・ライフ』で芥川賞、『母なる自然のおっぱい』で読売文学賞、『マシアス・ギリの失脚』で谷崎潤一郎賞。個人編集で『世界文学全集』『日本文学全集』も手掛けた。

selected literature

51

二・二六事件　前夜の悪夢

『雪の階《きざはし》』奥泉光 著

昭和十一年（一九三六年）二月二十六日の青年将校たちによるクーデター「二・二六事件」。そのおよそ一年前の昭和十年四月、物語は幕を上げる。天皇機関説事件で世が揺れるなか、笹宮伯爵令嬢惟佐子の親友である大学教授の娘と国家改造を唱える青年将校が情死を遂げる。惟佐子と女性写真家がその死の謎を追って、さらに来日中のドイツ人音楽家が死亡して、物語は「その日」へと転がり始める。

まずはそんなミステリ仕立て、となればポリティカルに物語が進むかと思わせながら、そこは現代の「奇想の達人」たる著者の筆が虚々実々に冴《さ》え渡って、読者はどこか甘やかでありながら悪夢めいた迷宮へと引きずり込まれる。

もちろん精緻《せいち》なミステリ（いや、ここは昭和戦前の呼称に従って探偵小説か）としても楽しめるが、西洋オカルティズムと日本神話の迷宮を共鳴させて、正史の裏面にありえたかもしれないある精神のかたちを描いた幻想の文学でもある。読者を不安定に揺さぶる文体がさらにその感覚を深めて、なにせ物語の昭和十年には小栗虫太郎『黒死館殺人事件』と夢野久作『ドグラ・マグラ』と、昭和戦前の文学を語るに欠かせない幻夢の大作が刊行されている。探偵小説掲載の雑誌『新青年』の読者として紹介される惟佐子もまたこれらを読んでいたかもしれない。

物語の「その日」の前夜、雪の階の静寂が美しい。夢か現《うつつ》か、このヴィジョンを等閑視《とうかんし》できない世界をいま私たちは生きる。前夜の悪夢を生き延びた惟佐子たちは、続く激動をどのようにくぐり抜けるのか。作中人物が見るカタストロフの幻影がやがて現実のものとなるのを私たちは知っている。そんな私たちのいま、この不安な日々に、物語の続きが読みたい。

（土方正志・荒蝦夷代表）

2018年刊
中央公論新社刊

おくいずみ・ひかる　１９５６年、山形県生まれ。１９８６年、『地の鳥　天の魚群』でデビュー。『石の来歴』で芥川賞、『神器―軍艦「橿原」殺人事件―』で野間文芸賞、２０１４年『東京自叙伝』で谷崎潤一郎賞を受賞している。

selected literature 52

最北端の島　降伏後の惨禍

『終わらざる夏』浅田次郎 著

国家や権力はときに圧迫的に感じられるが、非常時、とくに命の危険にさらされると、人は強いものの庇《ひ》護《ご》を期待しもする。コロナ禍の今、私たちは国家に対するそんな期待や失望を改めて痛切に体験している。

かつて日本が経験した戦争の惨禍は、現在の状況とは比べものにならない「非常時」だった。浅田次郎の『終わらざる夏』は太平洋戦争末期の混乱を、国家の戦略を担った参謀から将校、兵隊、軍属やその家族などに光をあてながら描ききる、文字通りの群像劇だ。

中心にいるのは、出版社で翻訳書の編集を行う片岡直哉だ。どうやら和平交渉で重要な役割を任されるらしい。しかし、彼を含め、どの将校も兵卒も、自分たちが巨大な国家事業のどこに組み込まれるのかを知らない。満州（現中国東北部）の部隊は行き先も告げられず移動を命ぜられ、延々と行軍の後、ついに千島列島最北端に至る。ところが、そこへ無条件降伏の報。日本領土の最北端に集結した精鋭部隊は無傷のまま、武装解除するかと見えた。

しかし、真のドラマがはじまるのはここからだ。敗戦の夏は簡単には終わらない。突如侵攻してきたソ連軍と、占守島《シュムシュ》を舞台に激戦が始まる。ソ連兵の「言葉が通じなかった。ただそれだけだ」という声が悲痛に、象徴的に響く。最後まで物語の中心に通訳の片岡が位置するのもそのためだ。

国家は邪悪な支配者でも、頼りになる庇護者でもない。いるのは個々の人間だ。体や心があり、後悔や希望がある。しかし、非常時、彼らを支配するのは数字だ。兵力、食料、領土、時間……。無機質な数字が、切れば血の出る人間の人生を容赦なく裁断する。ここには忘れてはならない現実が描かれている。

(阿部公彦・英文学者)

2010年刊
現在は集英社文庫

あさだ・じろう　1951年、東京都生まれ。1995年、『地下鉄に乗って』で吉川英治文学新人賞。『鉄道員』で直木賞、2000年『壬生義士伝』で柴田錬三郎賞、2006年『お腹召しませ』で中央公論文芸賞などを受賞。日本ペンクラブ会長も務めた。

selected literature 53

街と少女　成長の痛み

『しろいろの街の、その骨の体温の』村田沙耶香 著

家庭や学校から職場まで、村田作品は常に日常空間に揺さぶりをかける。
本作の舞台は高度経済成長期の象徴「ニュータウン」。郊外の森を切り崩しながら「どんどん姿を変えるこの街に、うまく親しみを感じられずにい」る谷沢結佳の小学生と中学生時代が二部構成で描かれる。

小学生の結佳は仲良し三人組の一員として「子供っぽい」遊びに参加しながらも、身体《からだ》や意識の変化を実感している。同学年だが「まだ子供」の伊吹を相手に「正しいのかわからないままキスらしきこと」を重ねながらその変化を確認する。

中学二年になると、結佳の身体はそれまで「生き物のように成長し続け」ていた街と同様に成長を止める。小学生時代の仲良し三人組は教室のヒエラルキーのなかでそれぞれ違う位置に収まる。結佳は攻撃されにくい「地味で真面目な女の子」役に徹するが、それで

も心ない言葉の波に自尊心を傷つけられている。

傷だらけの少年少女たちの前で大人たちは無力だ。親も教師も彼らを救える言葉を持ち合わせていない。母は「ハンバーグにコーン入れる？　小さい頃好きだったわよね」と無邪気に尋ね、街の発展に囚《とら》われ続ける父は「隣に駅ができるんだぞ！」とはしゃぐ。

結佳の唯一の救いは伊吹と学外で過ごす時間。だが、まわりを気にして、人気者の伊吹と向き合えずに「おもちゃ」扱いし続ける。結佳が「教室を支配する大きな力」から解放され、自分の言葉を獲得するまでの戦いは過酷なものがある。

ここではＳＮＳが普及する前の世界が描かれているが、学校から二十四時間逃れられない現代の少年少女も、職場に束縛されている社会人も、結佳の成長物語に救いを見出せる人は少なくないのでは。


（辛島デイヴィッド・翻訳家、作家）

2012年刊
現在は朝日文庫

むらた・さやか　１９７９年、千葉県生まれ。２００３年、『授乳』で群像新人文学賞優秀作を受賞し、デビュー。『ギンイロノウタ』で野間文芸新人賞。芥川賞受賞作『コンビニ人間』は英訳後、海外でも反響を呼んだ。ほかの著書に『地球星人』。

父子の軋轢　生々しく

『共喰い』田中慎弥 著

少年はどうやって大人になっていくのだろう。心身の急激な変化と成長は、ある種の危機や破綻の契機を含み持つ。田中慎弥の『共喰《ぐ》い』は、父子の関係に亀裂が入りやがて崩壊に到《いた》るまでの軋轢《あつれき》と葛藤を、容赦なく描出する。父子の葛藤は、性をめぐる関係図と重なる。なまなましさと烈《はげ》しさがありながらも、筆致はあくまでも冷たい。そこに魅力があるといえよう。

「昭和六十三年の七月」と書き出される。昭和最後の夏だ。不用品が沈み、臭気を放つ川が流れる土地に暮らす十七歳の高校生・遠馬《とおま》は、ある不安を抱える。父が女性と交わるとき相手を殴る性癖があると知り、自分もきっとそうしてしまうだろうと、恐れるようになるのだ。遠馬の産みの母・仁子は、近くで魚屋を営んでいる。父と琴子、そして遠馬の三人が生活をともにしている。

一つ年上の高校生・千種《ちぐさ》は遠馬が付き合っている相手で、二人の関係は初々しくどこかぎこちない。身体的な衝動に、感情はどう追いつくのか。父は欲望に忠実な存在だ。立ちはだかる父の前で、遠馬は心身の折り合いをどうつけていくのか。著者の文章は、さっと書きこまれたようにも見える細部がよい。たとえば「最近になってやっと、下水がこれだけ流れ込む川で釣った鰻《うなぎ》を父が食べるのを、不潔で危ないことだと思うようになってきていた」と書く。細部が全体と繊細に響き合う構図は、著者の才能を知らせる。

神社の祭が大雨で中止となり、それが引き金となってある事件が起こる。暴力への復讐《ふくしゅう》、加害と被害の関係が描かれる。心と身体に刻みこまれた記憶が、川となって人々を運ぶのだと気づくとき、小説は眩暈《めまい》をもたらす。生と性と死が、川の眺めのもとに一つになる。

（蜂飼耳・詩人）

2012年刊
現在は集英社文庫

たなか・しんや　1972年、山口県生まれ。高校卒業後、仕事にはつかずに2005年、『冷たい水の羊』で新潮新人賞を受賞し、デビュー。短編『蛹』で川端康成文学賞、『共喰い』で芥川賞、『ひよこ太陽』で泉鏡花文学賞を受賞している。

人々の心結ぶ純粋な魂

『九年前の祈り』小野正嗣 著

生者と死者が共存する地で折々の祈りの声が響く。

本作では、四つの物語が折り重なりながら多声的な世界が形づくられていく。舞台は大分県の漁村。過疎化が進む地域の現実は過酷だ。一見「清潔」に見える町も「死の臭い」をまとう。

そこで人は助け合いながら生きている。特に女性たちは逞《たくま》しく、問題に直面するたびに連帯を深める。それだけに輪に加われない者は孤独だ。

「ウミガメの夜」では産卵のために岸にあがってきたウミガメが東京から来た大学生にひっくりかえされてしまう。亀は「何も掻《か》くものもないのに掻」くが、「失われた時間を引き寄せることも、消したい時間をはね散らすこともできな」い。

そのもがく姿は、さまざまな不安を抱えて故郷に戻ってきた人物たちと重なる。「悪の花」

の千代姉は「人々の根も葉もない」噂《うわさ》話にひとり耐え、表題作のさなえは自らの世界にこもりがちな幼子から「自由になりた」いと行動に出る。「お見舞い」のマコ兄にいたっては、自らの立場を正当化するために「ガイジン」から町を守る自警団までつくってしまう。

追いつめられた外れ者たちは巡礼の旅に出る。車や船で移動しながら、不確かな記憶をたぐり寄せ、現在と過去を行き交うことにより精神のバランスを保つ。

その回想の中に常に現れるのが、幼い頃「人よりも歩き出すのが遅い、喋《しゃべ》り出すのも遅い」と両親を心配させたタイコーだ。「重篤な病」で入院中の中年男性は、人々の記憶の中でしか登場しない。だが、その純粋な魂は人々の心を結びつけ、和解への一歩を踏み出す勇気を与える。

他者の痛みを想像し、自らの心を開け。本を閉じた後も本書はそうやさしく呼びかけてくる。

（辛島デイヴィッド・翻訳家、作家）

2014年刊
現在は講談社文庫

おの・まさつぐ　１９７０年、大分県生まれ。２００１年、『水に埋もれる墓』で朝日新人文学賞を受賞し、デビュー。『にぎやかな湾に背負われた船』で三島由紀夫賞、『九年前の祈り』で芥川賞受賞。仏語文学を研究し、現在、早大教授。

思惑、誤解　田舎町の狂騒劇

『シンセミア』阿部和重 著

一九九〇年代初頭、アメリカのテレビドラマ「ツイン・ピークス」が一世を風靡《ふうび》した。小さな田舎町で、ある日、十七歳の美少女ローラ・パーマーの遺体が発見される。地元警察に加え、ＦＢＩ捜査官までが調査に乗り出す。物語が進むにつれ、平穏に見えた田舎町の裏の顔が徐々に明らかになり、性道徳の乱れ、違法薬物の氾濫、土地開発を巡る陰謀、オカルト現象などが複雑に絡み合う群像ミステリが立ち上がり、二〇一七年には続編も製作された。

阿部和重『シンセミア』も「神町《じんまち》」という、一見何もない東北の小さな町を舞台にした群像ミステリだ。「神町」は、氏の作品群《サーガ》の舞台であり、本作は『ピストルズ』、『オーガ（ニ）ズム』につながる三部作の第一作にあたる（同氏の芥川賞受賞作「グランド・フィナーレ」は、同サーガのスピンオフ作品でもある）。ただし、架空の町「ツイン・ピークス」と異なり、「神町」は実在する町であり、作者の出身地でもある。作中には「阿部和重」を名乗る人物さえ登場する。

　二〇〇〇年の夏、とある殺人事件を契機に、神町で不穏な出来事が相次ぐ。不審な事故死、失踪事件、コカイン、盗撮サークル、ＵＦＯの目撃談、監禁と拷問、拳銃、大洪水、毒殺未遂、ロケット弾の不発弾……しかし、そのそもそもの発端は戦後間もない米軍の占領期、米軍にパン職人として出入りした「パンの田宮」の暗躍に遡る。「神町」を牛耳るまでになった田宮仁から息子の明、そして孫の代まで巻き込み、総勢五十名以上の人物（しかも善人はほとんどいない）が入り乱れ、それぞれの思惑に誤解を重ねる小さな町の狂騒劇は、戦後日本が抱える日米関係や天皇制についての黙示録としても読める巨編。

（澤西祐典・作家）

2003年刊
現在は講談社文庫

あべ・かずしげ　１９６８年、山形県生まれ。１９９４年、『アメリカの夜』で群像新人文学賞を受賞し、デビュー。『シンセミア』で伊藤整文学賞、『グランド・フィナーレ』で芥川賞、『ピストルズ』で谷崎潤一郎賞を受賞している。

selected literature 57

生きた記憶が文学史

『いのち』瀬戸内寂聴 著

現在九十八歳となる作者が、この作品を刊行したのは二〇一七年。九十代となり、病気がちになった自らの姿をふり返って、その死を見届けてきた人たちを回想していく、私小説的な味わいのある作品である。

驚くべきなのは、そこで語られる六十年を超える作家生活の一コマ一コマが、昨日起きた出来事のように鮮明なことだろう。それだけ作者に強く刻み込まれた記憶が語られているとも言えるし、また亡くなった人たちの姿を描き出す文章が躍動しているからとも言える。しかもそれは、そのまま文学史の一部なのだ。

一九二二年生まれの作者は三島由紀夫より三歳年上で、たとえば宇野千代、岡本太郎、丹羽文雄、円地文子、福田恆存《つねあり》などの話題が自然と出てくる。けれどもこの作品が作者にとっての文学の「いのち」を描いているかのような凄《すご》みを見せはじめるのは、なにより河野多恵子と大庭みな子が登場してからである。

　河野と作者は、無名の同人誌時代からの親友で、大庭とは作家となってからのつきあいだ。一九八七年に同時に、女性作家として初めての芥川賞の選考委員となった河野と大庭は、女性作家たちが活躍する時代の先駆けとなった存在である。そのふたりの文学と人物について、同時代を生きた作者にしか書けない挿話が満載されるが、それらを通じてありありと伝わってくるのは、女性作家という存在がなんと面白く、またその作品がどれほど素晴らしいのかという事実だ。

　文学的な評価はふたりにゆずりながら、年長で長命の作者だからこそ奇跡的に、女性作家が「女流」と呼ばれた昭和からふたりの死後女性作家が中心に見える現代までの、時代の変化を記録することに成功した。私小説的文学史ないし文学史的自伝の傑作である

（田中和生・文芸評論家）

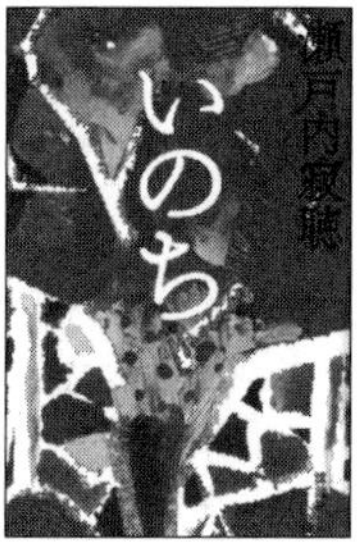

2017年刊
講談社

せとうち・じゃくちょう　１９２２年、徳島県生まれ。中国で終戦、帰国後に家庭を出て作家を目指す。１９５７年、『女子大生・曲愛玲』で新潮同人雑誌賞。『夏の終り』で女流文学賞。『花に問え』『美は乱調にあり』など著書多数。１９７３年に得度。

selected literature

58

ウイルスも同じ生態系

『鹿の王』上橋菜穂子 著

東乎瑠《ツオル》帝国の奴隷によって稼働していた岩塩鉱を、ある夜、恐ろしい黒い犬たちが襲撃する。嚙《か》まれた奴隷や兵士は、数日の内に謎の熱病を発症して死んだ。だが、なぜか、ヴァンと幼い少女だけが生き残る。同じ頃、帝国の医術師ホッサルは、謎の熱病の治療法を模索していた……。

伝染病と医術師の物語だから、コロナ禍のいま読んで欲しい、というわけではない。この物語は世界まるごと一つを描いたものだから、それだけの話ではない。

ただ、病を生態系のなかで考えるこの物語は、実に根源的な示唆に富んでいる。ウイルスとて、突然発生した部外者というわけではなく、わたしたちと深い関係にある存在なのだ。

ホッサルの祖父が言う、「病は、ときに、殺すことによって、真実を見せる。この世に要《い》らないものを消していくことで、在るべきものを生かして」という言葉。残酷でありながら、大きな共同体を感じさせる癒しでもある。

でも、こういう達観に納得する自分と、納得できない自分が、誰しもいるはず。大いなるものを感じる自分と、愛する小さな世界を何より大切に思う自分がいるのだ。

それに答えるように、上橋菜穂子は一人一人の「生き方」を描いていく。いくつもの民族や集団を内包する帝国、そこに生きる人々の願いと歴史、驚嘆するしかないほど丹念に織り上げられた世界に描かれる人物たちは圧巻だ。

妙な手加減をされている感じがしないのもいい。難解なものは難解なまま、読者を信頼し手渡されている。そのうえで気負いのない文章に、著者自身が夢中で物語にのめりこんでいるのがわかる。だから読み手も、もっとお話しきかせて、と身を乗り出したくなる。

（暁方ミセイ・詩人）

2014年刊
現在は角川文庫

うえはし・なほこ　１９６２年、東京都生まれ。１９８９年、『精霊の木』でデビュー。『精霊の守り人』をはじめとする「守り人」シリーズなどで知られる。「児童文学のノーベル賞」と言われる国際アンデルセン賞・作家賞の受賞歴がある。

selected literature

59

日系の歴史　向き合う旅

『カブールの園』宮内悠介 著

日常から逸脱した旅の体験が、封印していたはずの記憶をずるりと表に引き出してしまうことはしばしばある。旅は自己の再発見と他者理解の更新にうってつけだ。「カブールの園」の、日系アメリカ人三世のレイにとって、日系人強制収容キャンプの跡地への予期せぬ訪問は、一族のルーツやアイデンティティと向き合う契機となった。

小学生時代、クラスメイトから仔豚《ピギー》ちゃんと呼ばれ、鞭《むち》うたれるいじめにあったレイは、友人と興したＩＴ系ベンチャー企業で働く今も、そのトラウマの心理療法中だ。母親との年季の入った確執もあり、心身は疲弊を極める。そこでヨセミテ国立公園で過ごす休暇が与えられるが、彼女はふと、祖父母が戦中に収容されたマンザナー強制収容所へと行き先を変更するのだ。

風が吹きすさぶ荒れ地で、彼女は思う。母と祖母の、自分と母の、それぞれの確執の起源はここにあると。アメリカへの忠誠と反発が入り混じる日系の歴史は、世代間に断絶をもたらしたのだと。

　レイが移民世代による同人誌を手に入れ、自らは喋《しゃべ》りも読みもできない日本語と対峙《たいじ》するくだりは切実さに満ちている。「伝承のない文芸」という文章にふれ、自分のアメリカへの同化の希求が、被差別体験からも母の寂しさからも目を背けさせたと理解するのだ。「ありうべき世代の最良の精神」を求め、次のステップへ。母と娘のシリアスながら美しい物語である本作に加え、本に併録された「半地下」という作品では、一九八〇年代のニューヨークを舞台に、日本人の姉弟が虚構と現実、英語と日本語に引き裂かれるさまがリリカルに描かれる。

　SFやエンタメ、そして純文学も。この作家の多才さを知れる一冊だ。

（江南亜美子・書評家）

2017年刊
現在は文春文庫

みやうち・ゆうすけ　1979年、東京都生まれ。2010年、『盤上の夜』で第1回創元SF短編賞山田正紀賞を受賞し、デビュー。同名の作品集で日本SF大賞。『彼女がエスパーだったころ』で吉川英治文学新人賞、『カブールの園』で三島賞。

selected literature

60

世界照らす平凡な言葉

『どんぐり姉妹』よしもとばなな 著

吉本ばななの「キッチン」（一九八八年）は衝撃的なデビュー作だった。やわらかく、まっすぐで、何より平易。どれをとっても従来の純文学のイメージとは対極にあり、新しい感性の到来を感じさせた。

『どんぐり姉妹』はそれから二十年以上後の作品だ。この時期、作家は「よしもと」と名乗っていた。行動的で恋愛経験の豊富な姉のどん子と、体調に不安を抱えるものの言葉が豊かな妹のぐり子。あわせ鏡のような姉妹が「どんぐり姉妹」という相談サイトを開く。相談者とは、たあいのないやり取りをつづけるだけ。でも、それで相手は救われる。

「キッチン」の空気がここにも漂う。しかも、つゆほどのマンネリ感もない。あいかわらず作品世界は新鮮さにあふれ、驚きも喜びも哀切感もまばゆい。

吉本ばななの作品には、「新しさ」だけでは説明のつかない光源のようなものが宿っているようだ。両親の死、おじいちゃんの介護、夢で知らされる初恋の麦くんの死。『どんぐり姉妹』でも、これでもかと死や別離が描かれ、挫折や諦めもたっぷりだが、家族や恋愛や生命に思いを巡らす主人公ぐり子の、ほんの一、二行の平凡な言葉が、ぱっと世界を照らす。「人間ってそんなにわかりやすくできていて、ごはん以外のものも毎日食べているんだ」「雰囲気とか、考え方とかそういうものまで」。

わずかに力をゆるめる。ちょっとずらす。すると不思議なことに、ごくふつうの言葉が輝きを放つのだ。『どんぐり姉妹』は、そうやって世界を蘇《よみがえ》らせるための術《すべ》を教えてくれる小説である。吉本ばななの読者は一人の相談者。作品の言葉とやり取りをするうちに、すっと楽になって、回復していけばいい。

（阿部公彦・英文学者）

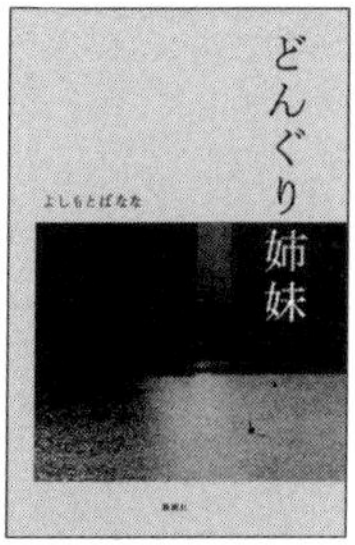

2010年刊
現在は新潮文庫

よしもと・ばなな　1964年、東京都生まれ。1987年、『キッチン』で海燕新人文学賞を受賞し、デビュー。『TUGUMI』で山本周五郎賞、『アムリタ』で紫式部文学賞。海外でも、作品が多く翻訳される。ほかの著書に『王国』シリーズなど。

文学の花粉を飛ばそう

阿部公彦

日本の文学は大丈夫なのか。作家は死滅するのじゃないか。

そんな心配がささやかれて久しくなります。たしかに時代は「文学」からどんどん離れていくように見えます。

でも、心配、ご無用と私は思います。放っておいてもいやらしく黒々と生き延びてしまうのが語る力というもの。それに今、世の中には「声」があふれているじゃないですか。みんな語りたくてうずうずしている。語られるべきものも、たくさんある。大丈夫です。

「読売名著60」という連載が企画されたのは、文学を「保護」するためではありません。むしろ逆です。文学、あるいは小説という形式を通してあふれる声の力を、少し交通整理したい。まず、どこから読み始めたらいいか、読みたくてうずうずしている人のために最初のきっかけを示せたらいい、あるいは平成の文学をあらためて見渡してみたい、そんな思いが選者の間で共有されました。

しかし、こうして一冊の本になってみると、あらためて気づくことがありました。声は声を呼ぶ。語りは語りを呼ぶ。小説を読むと私たちは、その作品について語りたくなります。小説を語る言葉についても、また語りたくなる。

この連鎖がまさに文学なんじゃないか？　そんなふうにも思います。小説は何もない荒涼とした大地にひょっこり生えるものではありません。天と地から栄養をもらい、風にたわみながらも、遠くの何かにむけて吠えている。そしてその遠い地に花粉を飛ばし、さらに係累を広げる。あるいは激しいクシャミを引き起こす。

一〇〇〇字に満たない新聞記事の小さなスペースは、評者の熱い思いを伝えるには好都合です。勢いのある文章が生まれ、力強い反応も生む。しかし、本書では、どこからともなく現れたキリンさんが、六〇の作品から生まれた六〇篇の記事を、読者に向けてさらに開いてくれました。背景を補い、作家の他の作品も紹介。ときには「え、そこまでばらしちゃうの？」といったことも言う。このキリンさん、鋭く繊細なだけじゃなくて、屈強な「おのれ」を持っていそうです。なかなか手ごわいですよ。

きっとキリンさん語りは、さらに新しい語りを生みだすと思います。未来にこの花粉が届きますように。

（英文学者、文芸評論家）

言葉の現場で考える

蜂飼耳

現代日本の小説から六十冊を選び、中・高校生も含めた読者に向けて、ブックガイドの要素をそなえた欄を作りたい。すべては編集部のそんな案から始まった。案は一粒の種だった。やがて芽が出て、六十個の花が咲いた。心、言葉、社会、生命。四つのキーワードのもとに選ばれた作品は、力作ばかりだ。この欄によって、本との出会いが少しでも生まれたならば、関わった者としてうれしい。

当初の予定表をいま、もう一度取り出して、振り返っている。私の執筆は計九回。どの回も、担当した作品をじっくり読み直す機会になった。読書は出会いだと思っている。いつ、どんな本と、どのように出会うか。そこからどんな影響を受けるか。出会わずに終わる本のほうが、世の中にはずっと多い。だからこそ、限られた機会を大切にしたい。

当たり前だけれど、文芸作品は言葉で出来ている。言葉は人間を生かしもするし、傷付けもする。言葉を通して遠くの場所を想像したり、過去の時代を思ったりする。現代の問題と向き合う力を養うことにも繋がる。

身の回りに言葉が溢《あふ》れているからか、情報に触れる機会があまりに多いためか、まるで文芸の意義が薄れてきているかのような意見に触れることがある。だが、文芸がもともと宿す役割が、力を発揮するのは、これからではないかと思う。文芸は、ものを考える具体的な現場になり得るからだ。

言葉の現場に立ち、思いと考えを巡らせることを、これからの時代はますます必要とするのではないか。人間が人間であるとはどういうことかを、考えるために。いま、そんな感触が手の中にある。

（詩人）

開かれた文学を意識

辛島デイヴィッド

今さらながら「選ぶ」という作業が苦手である。

今回の試みは、専門分野も文学観も異なる人たちとご一緒できるのが魅力で参加させていただいた。毎週、他の評者の文章を読むことにより、刺激を受けると同時に今の自分の限界も実感できた。

この企画では「日本語で書かれた」「現代」文学という広いような狭いような枠の中で、個人的に読者と共有したいと思う作品を十冊紹介する機会を得た。作品は読者が比較的容易に入手可能なものから選ばれており、そういう意味では既に「選ばれた」作品を再度選んでいることになる。それらの作品が世に存在する背景には、作者自身はもちろん、担当編集者をはじめ、その作品を支えてきた様々な「文芸ピープル」がいる。

文学作品が世に出ていくシステムは国や言語により大きく異なる。例えば、英語圏では、大学の創作科の教員、数多くある文芸誌の編集者、文芸エージェントなどが中心的な役割を担っている。このシステムは課題も少なくないが、近年は特に出版業界で門番的役割を担う者の多様性の乏しさが問題視されている。作品を選ぶ側の多様化を求める声が強まり、文芸界も具体的な形で批判に応え始めている。

　多くの新人賞を誇る日本の文芸界は開かれているように見える。大学院に行かなくても、ニューヨークやロンドンの出版業界で働かなくても、作家になるチャンスはある。同時に、有望な新人を生み出す「選択」を経験豊かな人に頼りがちな部分もあるだろう。これからも新たな感性の持ち主たちが「文学場」で居場所を見つけられるように、選ぶ側も固定化しないよう一段と意識するべきでは。選ぶ側に立つことにより、改めてそう思わされた。

（翻訳家、作家）

おわりに

読売新聞文化部　待田晋哉

「最近、面白い小説はないですか」。新聞の読書面を担当していると、よく聞かれる。現代の日本にはすばらしい小説があるのに、多くの人はなかなか出合えてないのではないか。今の時代を何らかの形で映した日本文学の六十冊を、「本よみうり堂」でまとめて紹介したいと思ったのは、こんな問題意識からだった。

企画のはじめから、英文学者の阿部公彦さんには全面的に相談に乗っていただいた。研ぎ澄まされた日本語で連載に読む喜びを与えてくださった詩人の蜂飼耳さん、日本語と英語圏の文学知識を背景に軽やかな風を吹き込んでもらった翻訳家の辛島デイヴィッドさん、そのほか原稿をいただいた筆者の方々に改めてお礼を言いたい。

紙面には限りがあり、取り上げるのは六十冊と区切りをつけた。だがこれは、紹介した本だけが優れているといった意味では決してない。この本が、様々な形や場所で現代日本文学が紹介される試みが生まれるささやかなきっかけになることを願っている。

連載や書籍化に当たっては、文化部の前田恭二・前部長、徳毛貴文・現部長、松本良一デスクに温かく見守っていただき、十時武士さん、佐伯美保さん、池田創さんを中心に、新旧読書面の担当が関わった。また、書肆侃侃房の田島安江さんには、「とにかく親しみやすい本を作りたい」という、こちら側の思いばかりが先行したお願いを聞き入れていただいた。コロナ禍が収まったら、スタッフのみなさんと福岡でたらふく焼酎を飲み、感謝を伝えられる日が来るのを楽しみにしている。

初出

読売新聞読書面本よみうり堂の「現代×文芸　名著60」に二〇一九（平成三十一）年四月十四日〜二〇二〇（令和2）年九月二十七日まで連載したものに加筆・修正した。

共編者

◆**阿部公彦**（あべ・まさひこ）　1966年生まれ。東京大教授。『文学を〈凝視する〉』でサントリー学芸賞。著書に『幼さという戦略「かわいい」と成熟の物語作法』。訳書にマラマッド『魔法の樽　他12篇』。

◆**蜂飼耳**（はちかい・みみ）　1974年生まれ。詩人、立教大学教授。詩集に『現代詩文庫　蜂飼耳詩集』『顔をあらう水』など、文集に『孔雀の羽の目がみてる』『秘密のおこない』『空席日誌』『おいしそうな草』など、書評集に『朝毎読』がある。

◆**辛島デイヴィッド**（からしま・でいゔぃっど）　1979年東京都生まれ。著書に『Haruki Murakamiを読んでいるときに我々が読んでいる者たち』『文芸ピープル「好き」を仕事にする人々』など。

筆者

◆**秋草俊一郎**（あきくさ・しゅんいちろう）　1979年生まれ。日本大学准教授。著書に『アメリカのナボコフ――塗りかえられた自画像』（慶應義塾大学出版会）、『「世界文学」はつくられる――1827-2020』（東京大学出版会）、訳書にバーキン『出身国』（群像社）ほか。

◆**谷崎由依**（たにざき・ゆい）　1978年生まれ。小説家、翻訳家。著書に『舞い落ちる村』、『囚われの島』、『鏡のなかのアジア』、『藁の王』、『遠の眠りの』。訳書にイーガン『ならずものがやってくる』、ホワイトヘッド『地下鉄道』など。

◆**江南亜美子**（えなみ・あみこ）　書評家・京都芸術大学専任講師。1975年、大阪生まれ。文芸誌や新聞、女性誌を中心に書評を発表。また新人発掘にもかかわる。共著に『韓国文学を旅する60章』（明石書店）、『世界の8大文学賞』（立東舎）など。

◆**澤西祐典**（さわにし・ゆうてん）　1986年生まれ。作家、日本近代文学研究者。龍谷大学講師。著書に『フラミンゴの村』（すばる文学賞）、『文字の消息』、『雨とカラス』、『芥川龍之介選　英米怪異・幻想譚』（柴田元幸との共編訳書）など。

◆**東直子**（ひがし・なおこ）　1963年広島県生まれ。歌人、作家。1996年第7回歌壇賞、2016年『いとの森の家』で第31回坪田譲治文学賞受賞。歌集『春原さんのリコーダー』、小説『とりつくしま』『階段にパレット』、エッセイ集『愛のうた』など。

◆**きむ　ふな**　日韓の文芸翻訳者。和訳にハン・ガン『菜食主義者』、ピョン・ヘヨン『アオイガーデン』など、韓国語訳に津島佑子『笑いオオカミ』など、著書『在日朝鮮人女性文学論』（作品社）など。

◆**李琴峰**（り・ことみ）　作家・翻訳家。1989年台湾生まれ。2013年来日。2017年『独り舞』で群像新人文学賞優秀作受賞、2019年『五つ数えれば三日月が』で芥川賞候補に。代表作となる近刊に、『ポラリスが降り注ぐ夜』『星月夜』がある。

◆**上田岳弘**（うえだ・たかひろ）　１９７９年生まれ。作家。『太陽・惑星』『私の恋人』『異郷の友人』『塔と重力』『キュー』（以上、新潮社）、『ニムロッド』（講談社）。

◆**カニエ・ナハ**　詩人。１９８０年生まれ。詩集『用意された食卓』で第21回中原中也賞。その他の詩集に『馬引く男』、『IC』、『なりたての寡婦』、『九月十月十一月』など。

◆**佐藤康智**（さとう・やすとも）　１９７８年生まれ。文芸評論家。「『奇蹟』の一角《おか》」（第46回群像新人文学賞評論部門当選作）。

◆**谷口幸代**（たにぐち・さちよ）　１９７０年生まれ。お茶の水女子大学准教授。主な著書に『多和田葉子の〈演劇〉を読む―切り拓かれる未踏の地平―』（共編著、論創社、２０２０年）などがある。

◆**土方正志**（ひじかた・まさし）　宮城県仙台市の出版社〈荒蝦夷〉代表取締役。１９６２年、北海道生まれ。著書に『ユージン・スミス　楽園への歩み』（偕成社／第41回産経児童出版文化賞）、『瓦礫から本を生む』（河出文庫）など。

◆**田中和生**（たなか・かずお）　１９７４年生まれ。文芸評論家。法政大学文学部教授。著書『江藤淳』『あの戦場を越えて―日本現代文学論』『新約　太宰治』『吉本隆明』『震災後の日本で戦争を引きうける』。

◆**暁方ミセイ**（あけがた・みせい）　１９８８年神奈川県生まれ。詩人。主な詩集に、『ウイルスちゃん』（思潮社）、『魔法の丘』（同）など。近著に、『紫雲天気、嗅ぎ回る　岩手歩行詩篇』（港の人）。

◆**平野啓一郎**（ひらの・けいいちろう）　１９７５年生まれ。京都大学法学部在学中に投稿した『日蝕』で、99年に芥川賞を受賞。著書に『ドーン』『マチネの終わりに』『ある男』で読売文学賞。

◆**松永美穂**（まつなが・みほ）　１９５８年生まれ、早稲田大学文学学術院教授。訳書にシュリンク『朗読者』（新潮社）、シュピリ『アルプスの少女ハイジ』（角川文庫）など。

◆**沼野充義**（ぬまの・みつよし）　１９５４年生まれ。スラヴ文学者。東京大名誉教授。専門はロシア・ポーランド文学。

◆**柴崎友香**（しばさき・ともか）　１９７３年大阪生まれ。『その街の今は』で芸術選奨文部科学大臣新人賞を受賞。近著に『百年と一日』。

◆**中島京子**（なかじま・きょうこ）　１９６４年東京都生まれ。『小さいおうち』で直木賞を受賞。近著に『夢見る帝国図書館』『キッドの運命』。

◆**待田晋哉**（まちだ・しんや）　１９７４年、山口県生まれ。岡ノ谷一夫、梯久美子、牧原出著、読売新聞社文化部編『本棚から読む平成史』の編集を担当。

キリンが小説を読んだら
サバンナからはじめる現代文学60

2021年4月27日　第1版第1刷発行

編者　読売新聞文化部「本よみうり堂」
発行者　田島安江
発行所　株式会社　書肆侃侃房（しょしかんかんぼう）
〒810-0041
福岡市中央区大名2-8-18-501
TEL　092-735-2802
FAX　092-735-2792
http://www.kankanbou.com
info@kankanbou.com

編集　田島安江
装画・挿画　嶽まいこ
ブックデザイン　成原亜美（成原デザイン事務所）
DTP　黒木留実（BEING）

印刷・製本　シナノ書籍印刷株式会社

ISBN978-4-86385-458-1 C0095